河出文庫

昨夜のカレー、明日のパン

木皿泉

河出書房新社

昨夜（ゆうべ）のカレー、明日（あした）のパン

目次

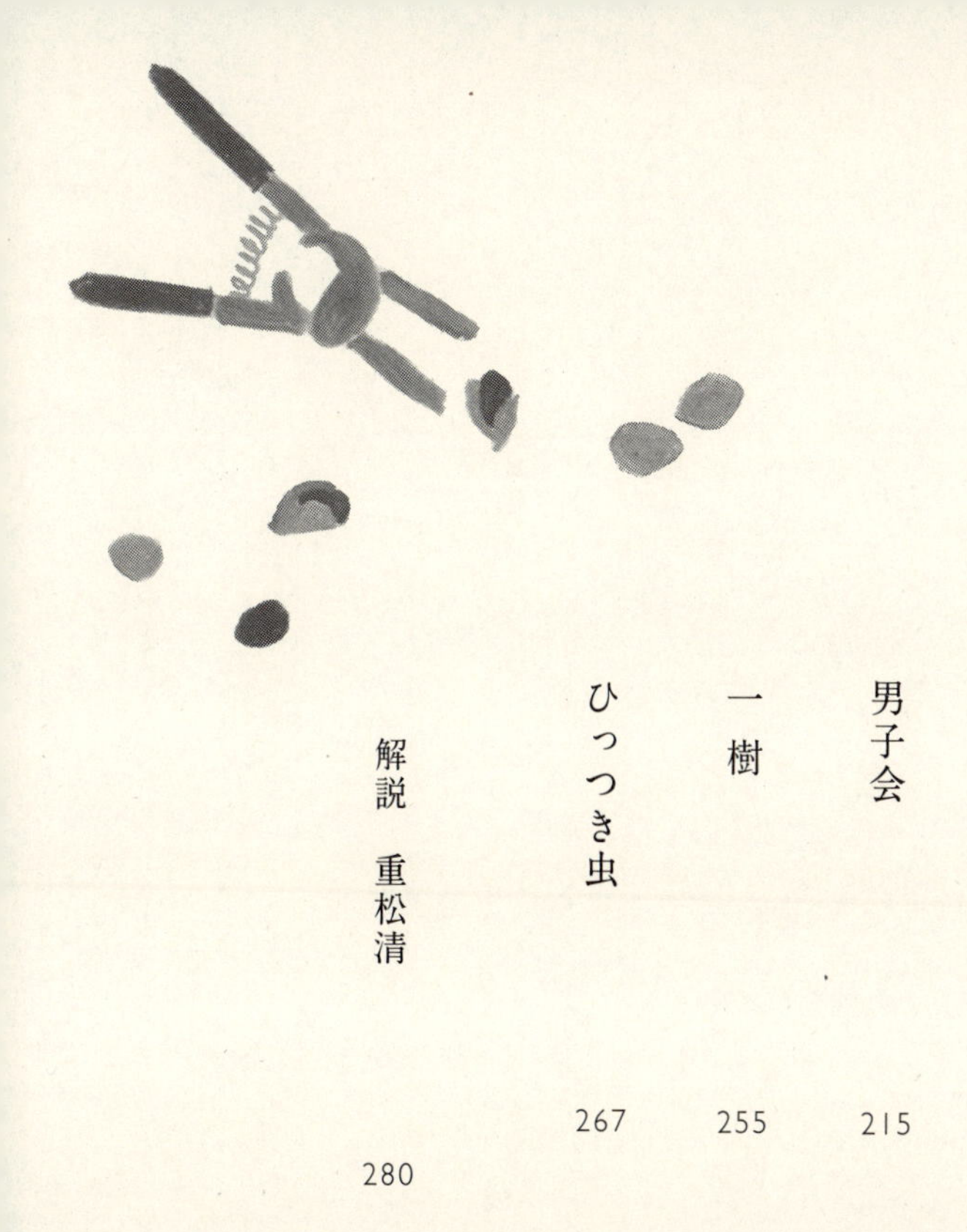

装丁　野中深月
装画・本文イラスト　古谷充子

昨夜のカレー、明日のパン

ムムム

〈ムムム〉は、庭先で両足を踏ん張って空を見上げていた。両手の指で拳銃の形をつくると、それを高く突き上げ「バーン」と小さく叫んだ。

テツコが思わず見上げると、ちょうど銀色の飛行機が、ゆっくりと青い空を横切ってゆくところだった。〈ムムム〉は、もう一度その玩具のような飛行機を「バーン」と打ち落とすと、テツコの方を見て、ニッと笑いかけた。

「ほう、笑いましたか」

その日の夕方、焼売（しゅうまい）とビールをやりながらテツコは、その話をギフにした。ギフとは、義父のことである。

「間違いなく、笑いました」

「笑えるようになりましたか」

それはよかったと、ギフはビールを飲みほした。

〈ムムム〉は、少し前まで飛行機の客室乗務員をしていたのだが、ある日突然、笑うことができなくなってしまい会社を辞めた。今は、寺山家の隣の実家に戻っている。

〈ムムム〉というのは、ギフがつけた名前である。機嫌が悪いのなら「ムッ」とした顔をすればいいのに、それを隠そうとするものだから、怒ったような困ったような眉(まゆ)をひそめたムムムという顔になってしまうというのだ。そのギフの発見以来、二人は〈ムムム〉と呼んでいる。

「ひょっとすると、アレかな？　うん、アレのおかげだな。ムムムが笑えたのは」

ギフの言う「アレ」がどれなのか、テツコには、さっぱりわからなかったが、ギフは、一人で納得している。

「アレって何なんです？」

「言葉をあげたっていうか――」

「何なんです、それ」

「人って、言葉が欲しい時あるだろう？」

「ないですよ、そんなもん」

「あるんだって、そういう時が」

「言葉を——ですか?」

「まぁ、呪文みたいなものかな」

「どんな言葉をあげたンですか?」

「そりゃあ、秘密。人に言うと、効き目がなくなるから。私があげたのは、ムムムにだけ効くスペシャルだし」

「私にもスペシャル下さいよ。私だけの言葉を」

「ダメダメ」

「何でですか?」

「だって——テツコさん、そういうの、信じてないでしょうが」

もちろん、テツコは信じていない。たったひとつの言葉が何かを解決してしまうとは。

「そうか、あのムムムがねぇ——笑いましたか。そうですか」

ギフはよほど嬉しかったのか、お隣さんが笑った話をもう一度繰り返す。

「っとなると、ムムムって名前、変えてあげなきゃ、ダメですね」

ギフはそう言いながら、祝杯のために、二本目のビールを取りに立ち上がった。

「本名は小田(おだ)でしょう」

テツコは隣の表札を見て知っている。

「何て呼びますか？」

ギフは、ビールを握ったまま相当考えて、

「じゃあ小田さんで」と言った。

「それじゃあ、フツーの人みたいじゃないですか」

「うん、まぁ、つまりフツーの人になっちゃったってことだよ」

「それはちょっと――残念」

何がどう残念なのか、うまく言えないけれど、せっかくの〈ムムム〉が小田さんでは、もう二人の会話では、いないのも同然のような気がしたからだ。

テツコは、自分は近所で何と呼ばれているのか気になった。

「アンタはね、来た時からオヨメチャンって呼ばれてるな」

「オヨメチャンですか？」

「イヤかい？」

「だって、二十八だし」

テツコは、自分がこの家の嫁だということを、思い出した。しかも、すでに九年も居続けている。

「テツコさん、嫁だったンだね」

ギフまで、初めて気がついたというようにのんきに言った。

テツコの夫、一樹(かずき)が亡くなったのは七年前で、その後も、ギフとテツコは同じ屋根の下で、働いては食べ、食べては眠ってと、ただただ日々を送ってきた。最初に割り振りされたはずの立場や役割は、今やすっかり忘れ去られている。なぜ一緒にここにいるのかという理由も、暮らしているうちに曖昧になりつつあった。義父は、いつの間にか〈ギフ〉となってしまったのに、七年前に死んだ夫は、ずっと夫のままだった。テツコは、ギフのためにソースを取ってやる。最後の焼売をドボドボのウスターソースに、ひたしひたししながら食べるのが好きなのを知っているからだ。

次の日、テツコも言葉をもらった。それは恋人の岩井(いわい)さんがくれた。

岩井さんは、めざとくソファの席が空(あ)いたのを見つけて、コーヒーカップを持って、移動する。あわてて、テツコも自分のカップを持って、後についてゆく。彼はいつもそうなのだ。一緒に話していても、ソファの席が空かないか、視線は常に油断がない。

そして、空いたと知るや、どんなに重要な話をしていても必ずそこに移動する。一度、なぜそんなにソファに固執するのか聞いたことがある。だって、同じお金払っているのにもったいないじゃない、という答えだった。

「で、どう思う?」

と岩井さんは真剣な目で聞いてくる。

と言われても、肝心な話は、移動でさえぎられて、ほとんど聞いていない。そのことをテツコが言うと、「何だ、それ」とかなり気を悪くした様子である。

「だって、しょうがないじゃない。話の途中で、席、移るんだもの」

岩井さんは、しょうがないなぁと、もう一度言う。

「だから、そろそろ結婚しようかって、そういう話だよ」

間(ま)の悪い時は重なるもので、テツコは、岩井さんの話が終わるか終わらないうちに三回立て続けにクシャミをしたものだから、岩井さんは、反射的にカップを持ち上げ体をいっぱいに反(そ)らした。テツコの唾(つば)を吸い込むまいと息まで止めていた。ふとテツコと目があって、二人の間に何とも気まずい間が流れた。

「――だから、つまり、結婚のことだよ」

岩井さんは、もう大丈夫と思ったのか口を開いた。

「ひょんなふぉと、きゅうにひゅわれてもさぁ」

テツコが鼻を拭きながら不機嫌に言う。

「え？」

そんなに険しい顔でプロポーズしなくてもいいだろうが、とテツコは思う。

「だから、そんなこと、急に言われてもさ」

「急って言うけど、いつ言えば急じゃないのさ」

「だって、結婚したら岩井テツコだよ。イヤだよ、そんな固そうな名前」

そんな答えが返ってくるとは想定していなかったのか、岩井さんはしばし固まっていた。が、すぐに落ち着きを取り戻した。

「うん、見えた」

見えた、というのは、岩井さんの中学生からの口癖だ。数学の授業で、図形を諦めずにじっと見ていると必ず補助線が見えてくると教えられたそうだ。「ほら、もう見えたな。見えてきた、見えてきた」と先生に言われるとたしかにクッキリとその線は見えて、手品のように問題はきれいに解決されるのだと岩井さんは言う。この時、どんな補助線が見えたのか、

「了解しました。ボクが悪かった」

と岩井さんは、あっさり言った。

「そうなんだよ。こんなところでする話じゃなかったんだよ。それで怒ってるンでしょう? やっぱりそれなりの設定がいるんだよね。女の子は特に、そういうの、こだわるんでしょう?」

「そーゆーのって、どーゆーの?」

「わかってるって。こだわってるからすねてるんじゃない。わかった。わかった。ちゃんとするから。感じのいい店とか、ブランドの指輪とか」

話の方向性がずれていると言いたかったが、岩井さんは、問題が解けた中学生のように有頂天で話を聞こうとしない。

「この話は、また改めて席をもうけてするということで——悪かったね。そうだよね、デリカシーがなかったかもね」

岩井さんは、時計を見ると、オッもうこんな時間だ、とまるでテレビドラマの段取り芝居のように鞄を持って立ち上がった。

「じゃあ、この話は聞かなかったってことでよろしく」

ニッコリ顔をつくって、余裕で出てゆく岩井さんを見送りながら、テツコは、ヤバイよなぁ、と思った。

その日は、珍しく残業になった。テツコは電車を待ちながら、聞かなかったことにしてくれ、という岩井さんの言葉を思い返していた。よくよく考えてみれば、前兆はあったような気がする。「名字、旦那のだろ。元に戻さないの？」とか、「今の家を出て実家に戻るのがフツーじゃないかな」とか、しつこく言っていた。

「ヘンだよ、死んだ夫の父親と二人で暮らしてるなんて、人にヘンに思われるって」

「誰もそんなこと思わないと思うよ」

とテツコが言うと、

「あまいな。皆、心の中でそう思ってるもんなんだって」

そんな会話もあったような気がする。ヘンに思っていたのは、つまり当の本人だったわけである。

「そろそろ、結婚しようか」と言われても、今のテツコには、さほどありがたい言葉ではなかった。岩井さんが嫌いだとかそういう話ではない。他人と暮らしてゆくということがどういうことか、九年もギフと暮らしてきたテツコにはよく見えるのだ。今さら誰かと暮らしても、何かが変わるということは、おそらくないだろう。むしろ引き受けるべき雑多なことが増えるだけである。

「めんどくさい」

テッコは、思わず声に出してしまい、あわてて辺りを目だけで見回す。もちろん、電車を待つ周りの人の顔は、それぞれに無表情だ。

隣に立つ若い女の子は、自分の世界に没頭していた。真剣に手紙を読むその手の甲に何か書いてあるのが見えた。「ガス代」とボールペンできっちりと書いてある。滞納しているガス代の納期が迫っているのだろうか。忘れたらガスを止められてしまうのだろうか。テッコは一人暮らしというものをしたことがないので、そんなギリギリの生活は想像がつかない。でも女の子の丸い文字からは、そんな差し迫った緊迫感は感じられなかった。手紙の端が見えた。会社の連絡用箋のようなものだろうか、そこに黒々とした字で大きく「さびしすぎるわ！　吉本さん！」と書かれていた。ものすごく下手くそな字だった。思わず目で追うと、後は小さな字で「転職ですか」とか「結婚するんですか」とか「何で突然辞めたんですか」とか細々（こまごま）と書かれていて、最後にこれまた大きな字で「徳田剛」となぐったように書いていた。

女の子は、手紙を見ながらケータイを取り出して真剣に何やら打っていたが、やがてメールでは間に合わなくなったのか、「ああ、もうッ！」と小さく言うと諦めたようにケータイを折りたたみ、改札に続く階段を息を詰めて見つめた。そして、ちょっと躊躇した後、思い切ったように、並んでいる列から離れて、全速力で階段に向かって駆けていった。次のが最終の電車で、もう後はなかった。糸が切れて空に飛んでいった凧みたいだなと、テツコは思った。糸が切れて空に飛んでいった凧みたいに、女の子は階段の上へ上へみるみる小さくなってゆく。あの「さびしすぎるわ！　吉本さん！」という文字が彼女の何を突き動かしたのだろう。岩井さんの「そろそろ結婚しようか」というコトバは、今なおテツコの頭上に風船のようにむなしく浮かんだままだ。

女の子が抜けた後、列は少しずつ詰められて、何事もなかったかのように、待ち続けることに専念する。それは、今日も抜け出すことができなかった不器用な者の集団のようにテツコには思えた。

駅前の路地裏にある夜の二時半までやっている店に立ち寄ると、ギフが飲んでいた。

「テツコさん！」

ギフは手を上げて呼ぶ。

「何飲んでるンですか？」

隣に座りながら聞くと、ギフは、もう何杯目かになるのだろう焼酎を上げてみせる。

同じのを注文して、ようやく腰を下ろす。思わず「よっこらしょ」と言ってしまうが、ギフは何も言わない。会社の同僚や上司だと「イヤだな寺山（てらやま）さん、年寄りみたい」などと必ず言われるし、自分もまた、そういう決まりきったことを状況に応じて、言いたくなくても言わねばならない。テレビの漫才の影響なのだろうか。いつの間にか会話には、つっこむのが礼儀というルールができあがっているらしい。

ギフは、風呂上がりのようにツヤツヤしていた。聞くと、本当に一度家に帰り風呂に入ってきたようだ。使い慣れた石鹸（せっけん）の匂いをかぐと家に帰ってきたようなほっとした気持ちになる。

ギフは傘を持ってきていた。

「あれ、雨、降るんですか？」

「いや、今朝、降ると言いましたからね。大丈夫。もう、今日は降らないよ」

ギフの仕事は気象予報士である。テレビにも出るので、時々、知らない人からも声をかけられる。だからと言うわけでもないのだろうが、雨と予報した日は必ず傘を持って出る。信じて傘を持って出た人に申し訳ないから、というのが理由らしい。

「やっぱり、言葉って効くもんなんですね」

テツコはさっきの、糸の切れた凧のように駆けていった女の子の話をした。

「その人は、きっと何かにとらわれて、身動きできなかったんですよ。それが、その言葉で解放されたんじゃないですかねぇ」

「何かにとらわれるって、何にですか？」

「うーん、よくニュースとかでやってるだろう？　家族の中の誰かが誰かを刺してしまうとか、勤務先で部下が上司を殺してしまったとか――でも、そこまでゆくのに、けっこういろいろあるんじゃないかなぁ」

今日のギフは、饒舌（じょうぜつ）だった。

「このままだったら、殺すとこまでゆくんじゃないかとか、殺されるンじゃないかとか、わかってるのに逃げ出せなかったりする。それはきっと、何かにとらわれてるからだと思う」

「だから――何かって何です？」

テツコは辛抱強くもう一度聞く。

「自分には、この人間関係しかないとか、この場所しかないとか、この仕事しかないとかそう思い込んでしまったら、たとえ、ひどい目にあわされても、そこから逃げるという発想を持てない。呪いにかけられたようなものだな。逃げられないようにする呪文があるのなら、それを解き放つ呪文も、この世には同じ数だけあると思うんだけどねぇ」

　ふいに、テツコは、どこかで焼き立てのパンの匂いがしたような気がした。

「あの時の、夜のパン屋さんみたいなもんなんだ」

　テツコがつぶやくと、ギフは一拍おいて、「ああ」と湯につかった時のような声を出した。

「そう。よく覚えてたねぇ。一樹の病院の近くの、あのパン屋」

　それは暗い夜道にあった。ギフとテツコは夜になると、二人きりでよく歩いていた。病院の帰り道だったからだ。一樹がガンだと知らされて、手術も無理だと言われて、それでもまだ元通りの生活に戻れるかもしれないという、かすかな希望を抱いていた。職場と病院と家とを何回も往復したあの暗い道。寒かったし、悲しかったし、二人とも疲れきって口もきけなかった。その時、行く先にポツンと明かりが見えた。猫が跳ねている立て看板が出ていた。近づくと、パン屋だった。もう夜の十二時を過ぎようとしていたのに、中では昼間のように人が働いていた。テツコとギフが入ると、

「もうすぐ新しいのが焼き上がりますよ」

と店の人に言われ、二人は待った。その時の二人は待つのに慣れきっていた。病院のあらゆるところ、検査結果を聞くための部屋や支払所、手術室、詰所などで、ただひ

たすら待っていたからだ。パンの焼ける匂いは、これ以上ないほどの幸せの匂いだった。店員が包むパンの皮がパリンパリンと音をたてたのを聞いてテツコとギフは思わず微笑んだ。たった二斤のパンは、生きた猫を抱いた時のように温かく、二人はかわりばんこにパンを抱いて帰った。

悲しいのに、幸せな気持ちにもなれるのだと知ってから、テツコは、いろいろなことを受け入れやすくなったような気がする。

早朝、病院に泊まり込んだテツコが起きると一樹が一人でラジオを聞いていた。テツコも一緒に聞けと言う。ギフのやっている天気予報だった。抑揚のないギフの単調な言葉を聞きながら一樹は「平和だよなぁ」と笑った。窓の外は、今まさに一日が始まろうとしていた。もうこの時は、元の生活に戻れないことを二人とも知っていた。でも、テツコもまた心の底から「平和だなぁ」と思うことができた。そんなふうに思えるのは、あの時のパンのおかげのような気がした。

「人は、感情にも、とらわれてしまうもんですよね」

テツコは、ただ悲しみで一色だったあの時の自分を思い出しながら言った。

「嫉妬とか、怒りとか、欲とか――悲しいかな、人はいつも何かにとらわれながら生きてますからねぇ」

とこれまた、かつて悲しみに押しつぶされそうだったギフが、ぎゅーっと蛸を噛み切りながら言った。

プロポーズの言葉を聞かなかったことにしてくれと言ったくせに、岩井さん自身はそうではなかった。結婚という言葉を一度口にしてしまった安心からか、何の脈絡もないのに、「犬を飼おうか」と言い出したり、「自分はロールキャベツだけは嫌いだ」と言ったりした。かと思うと、人が連れている子供を見て「赤ちゃんっていいよなぁ」と言ったりする。彼の興味は、テツコから結婚生活という未知のものに移ってしまったようだ。そして岩井さん自身、自分がそんなふうに無防備になっていることに全く気づいていないようだった。ギフの言葉にならうなら、彼は結婚というものにとらわれていた。

なぜ岩井さんは、自分と結婚するものだと思い込んでしまったのだろう。テツコは、そのことに無性に腹が立った。そんなふうに思われないよう、かなり気をつけてきたつもりだったからだ。あるとするなら自分には夫がいないという一点だけのような気がした。

テツコは思い切って、自分は結婚は考えられないから、今後のことを話し合いたいので日を空けて欲しい、と岩井さんに一方的に伝えた。メールではなく直接会って言った。岩井さんはそれなら土曜日の午後なら空いているとだけ言った。じゃあと別れた後、テツコが振り返ると、岩井さんは顔つきはビジネスマンのままなのに、しぐさは子供のようで、落ち着きなく自分の服をむやみにひっぱったりしていた。

夜、テツコはその日を忘れないように台所のカレンダーに印を入れた。ちょっと考えて稲妻の絵にした。

「オッ、こんなところにカミナリが」

何も知らないギフは早々と見つけて、無邪気に喜んでいる。この稲妻が何を意味するのかは頓着しなかったが、気象予報士らしい知識を披露した。

「何もない場所で落雷を避けるには、地面にひれ伏すのが一番いいんですよ」

男女のもつれ話の日にひれ伏すのが一番というのは、何やら意味があるように思えた。

このまま、岩井さんと別れてしまうのだろうかと思いながら、洗濯機に洗濯物をほうりこんでいると、浴室から、ギフのひとり言が聞こえた。

「山より大きいシシは出ん！」

ギフの口癖だ。

「心配無用！」
と言った後、実に気持ちよさそうに唸った。

岩井さんとの約束の日は、台風だった。朝のうちから、ギフは、あわただしく家のあちこちを補強したり庭木に副え木をしたりしている。夕方ぐらいから、この辺りを直撃するらしい。ギフは今日は仕事場に泊まり込みになるという。玄関でゴム長をはきながら、時間がなくて手がまわらなかったことを、テツコに手短に伝えて、ギフは油断なく辺りを見回して「ヨシッ」と言って出かけた。何しろこの家は築八十年の木造である。雨戸を閉める。食品を買い置きする。鉢植えは家に入れる。とにかく出歩くな。出る時はゴム長と合羽着用のこと。ふだんは、門限さえない家だが、天災に関してはギフは突然厳しい寮長のように権限を発揮する。

植木鉢を玄関に入れながら、岩井さんは午後と言ったが、台風なのだし早めに出てしまうことにした。

ギフの言う通りゴム長をはくかどうかしばらく考えて、やはりはいてゆくことにした。帰りが遅くなってしまうかもしれないと思ったからだ。台風の速度はかなり速いとギフも言っていた。が、駅に近づくにつれて猛烈に後悔した。台風の接近で何もかもピタリと止まったような不穏な空気だったが、人の往来はいつもと変わらず、このかっこうで電車に乗るのは、相当な勇気のいることだと気づいたからだ。もうすぐ台風がくるというのにみんな、ふだんと何ら変わることのない服装をしていた。今さら帰るわけにもゆかないので、自分は魚屋で今から仕入れにゆくところだと想像してみた。電車に揺られていると、本当にそんなふうに思えてきて、今から仕入れた大小の魚をきれいにさばいてオバサンたちに売るのだったら、どんなに気が楽だろうとため息をついた。

「長靴。何で？」

と電車の中で声をかけてきたのは、顔見知りの魚屋さんだった。彼女は九月というのにキャミソールとミニにサンダルだった。そのどれにもキラキラ光るものがひっついていた。

「これからデートですか？」

とても魚屋さんには見えないのでテツコは聞いた。

「まさか。仕事。それより、朝から長靴はいて、どこに出かけてたの？」

彼女は、岩井さんの部屋の近くにある市場で魚屋さんのパートをしている。テツコのことを市場の近所の住人だと思い込んでいるのだろう。

「朝、ひと仕事してきて、今、帰ってきたところ」

テッコはウソをついた。何の仕事かと突っ込まれたら困るが、魚屋さんは聞かなかった。

「で、何で、長靴？」

話は、やはりそこにかえってくる。長靴については本当のことを言った。

「台風だから」

「あ、そっか。今日、台風か。じゃあ、今日は仕入れ少ないかも。ラッキー」

ギフが聞いたら怒りそうなことを言った。台風で亡くなる人もいるのだが、魚屋さんはそんなこと、想像もしていない。

「ねぇ、そのサンダルと長靴と交換してくれない？　どうせ、店に着いたら一日中長靴なんでしょう？」

テッコは頼んでみたが、そんなことしたら帰りに何をはいて帰るのよ、と断られてしまった。

「海、行きたかったなぁ。今年、行けなかったんだよねぇ」

と魚屋さんは言った。彼女から、かすかに魚の匂いがした。陸に上がった魚が海を恋しがっているように思えた。足をもらうかわりに声を失った人魚姫のように、この人もまた何かの呪いにかかって、魚屋さんをやっているのかもしれない。

「台風でもメカブはあるから、また買いに来てね」

そう言って、別れ際に魚屋さんは手をヒラヒラ振ってみせた。テツコも笑って手を振った。メカブは岩井さんの好物だった。

長靴の中で、足がブカブカと動くのが何とも気持ち悪かったが、まっすぐに岩井さんの部屋へ行く気になれず、何も買うものがないというのにコンビニに入った。飲料水のガラスケースに映った姿を見て、子供の自分を思い出した。黄色いブカブカの長靴をはいて踏ん張って立っている自分の写真。テツコは、テカテカの、何もないこのコンビニの通路に今、倒れ込めたらどんなにいいだろうと思った。


「え、もう来たの？」

岩井さんは上半身裸でドアを開けた。

「何してたの？」

「え？　何って——まぁ、入ってよ」

テツコは長靴を脱ぐために一旦、腰を下ろす。ギフの家と違って、玄関に段差がないので脱ぎにくい。

部屋は半分だけきれいになっていた。そして半分は無茶苦茶だった。

「途中だから」

と言い訳したが、岩井さんがどんな掃除の仕方をしているのか想像できなかった。

「早すぎるよ。午後って言ったのに」

「台風がくるっていうからさ」

テツコは、散乱している新聞紙やら雑誌を机の上に置いた。

「もう、そんなこといいって――それよりこれ取ってくれる?」

岩井さんが背中を向けると、大きなシップが四枚貼りつけてあった。これを取ろうとして裸になっていたらしい。テツコがシップをめくろうとすると「アタタタタ」と声を上げる。

「これ、オフクロが送ってくるヤツなんだけど、ものすごく粘着の部分が強くて、痛いんだよ」

テツコがふたたびめくろうとすると、岩井さんはあわてて、

「ちょ、ちょっと待って! めくるのストップ! 今、決心するから、ちょっと待って!」

決心するから、という言い方がおかしかった。

「いい？　いくよ。決心した？」

「うん、決心した――お願いします。アタタタ！　ストップ！　待って」

「いつまで待てばいいのよ」

「――とりあえず、お茶、飲もうか」

岩井さんは裸のまま中華街で買ってきたという凍頂烏龍茶を淹れてくれた。百グラム二千円だぞと言った。

テツコがその二千円を一口飲んで、「さっそくなんだけど」と言うと、岩井さんは、「ちょっと待って」とそのへんにあったTシャツをかぶり、座布団の上にきちんと座り直して「うん」と真面目に言った。

「結婚はしたくないんです。岩井さんのことが嫌いというわけではなくて、とにかく、結婚は、イヤというか――」

家で言うことを考えてきたつもりだが、うまく言えそうもない。

「だから、理由を言ってもらわないと、こっちも納得できないでしょう」

それは、そうだった。

「だから――イヤなのよ。結婚そのものが」

「でもしてたじゃない。結婚」

「若かったもん。十九だもん。何も考えてなかったもん」

「その時の結婚がトラウマとか？」

「そんなことない。楽しかった」

「じゃあ、結婚がイヤなんじゃなくて、オレがイヤなんじゃない――はっきり言えよ。正直に」

「じゃあ、はっきり言うけど――」

岩井さんは、はっきり言うけど、という言葉にちょっとおびえた顔をした。

「――たぶん、私、家族をつくるのがイヤなんだと思う」

「何で？」

「だって――」

テツコは、久しく帰っていない自分の実家のことを思った。自分の部屋とリビングを結ぶ暗い階段。いつの頃からか、鬱々（うつうつ）とした気持ちで何度も降りたり登ったりした階段。もうあそこへは戻りたくなかった。両親とことさら仲が悪かったわけではない。たぶん親の価値観と自分の価値観が少しずつずれていったのに我慢していたのだ。でも、今となったら、あそこは息苦しい場所だったということがよくわかる。一樹と結婚したのは、あそこから離れたかったからだ。十九才の自分は、あの家から離れさえすれば大丈夫だと思っていたのだ。そうすれば、自分は違う家庭をつくることができるのだと。でも、二十八の今はそうは思わない。今は、あの階段がどこの家にもあるということを知っている。今日もどこかで、高校生や中学生が暗い顔で階段を登っている映像が、頭をよぎる。もし、一樹が長生きして、家庭をつくっていたとしても、自分たちもまた、そんな暗い階段のある家庭しかつくれなかったんじゃないかと時々考える。

「私にはできない。幸せな家庭のイメージがぜんぜん思い浮かばない」

そこまで言って、テツコはようやく気がついた。今まで心の中で気づかないふりをしていたことを。言えば、すべてがガラガラと音をたてて崩れるのではないかと思い、怖くて、とても言えなかったことを。

「私、本当は家族がキライなの」

テツコは言ってしまってから、地響きとともに天井が落ちて、この世が終わるのではないかと覚悟したが、向かいのベランダの洗濯物も遠くで走る車の音も、見慣れた休日の昼間のものだった。

「どうして、嫌いなんだろうねぇ」

と岩井さんは、人参（にんじん）が嫌いなのと言われたかのように、困ったことだねぇという感じで軽く言った。

「それって、ちゃんとした理由があるのだと思うよ」

「理由って言われても——」

嫌だったのは、葬式の時の母だった。葬式の汚れを落とすために、塩を執拗に何度もかけねば気のすまない母は、汚いもの、悪いもの、暗いもの、みじめなもの、すべて排除せねば気がすまない性格だった。明るくて、くったくなくて、清潔で、そういうものだけが好きだった。今でも、夫婦お揃いの白いジャージを着て、朝夕、走っているはずだ。ゴールデンレトリバーに出会えば、かわいいでちゅねぇー、と赤ちゃん言葉で話しかけているはずだ。

風が入らず、九月に入ったというのにムシムシする。岩井さんは暑くて、もう一度Tシャツを脱いだ。陽に焼けた首筋に汗がたまっていた。健康的なうなじだった。テツコは、急に憎くなった。晴れやかに笑っている雑誌の表紙のアイドルも、美しい歯をそのままにと書かれたガムの包み紙も、活性酸素を除去するという天然水のペットボトルも、なにもかも憎かった。台風だというのに、天災をおそれることなく、長靴をはくこともなく、おびえずふだん通りにしているすべての人間に腹が立った。

「お母さんも、お父さんも、みんな、自分は死なないと思ってるンだよね。そのことがものすごく腹が立つ。岩井さんも、魚屋さんも、会社の人も、みんな死なないと思ってる。でも、死ぬンだよ」

何のことかわからず、岩井さんはキョトンとした顔で、テツコが言うのを聞いていた。

「人は必ず死ぬんだからね」

テツコは、泣きたいのを我慢した。

「一樹みたいに、死んじゃうンだからね」

「わかってるよ」

岩井さんがやっと言うと、

「わかってないよ」

とポツンと言った。ゾッとするほど絶望的に聞こえて、岩井さんは思わずテツコの指先を強く握った。

ギフと歩いた暗い夜道を思い出しながら、テツコはもう一度「わかってない」とつぶやいた。

結局、その日、台風は大きくそれた。岩井さんがつくった焼きそばを二人は食べた。

「この話、したっけ？　エジプトの話」

「どの話？」

「砂漠の真ん中でケンカした話」

岩井さんは、東南アジアや中近東に中古の建設機械を売る仕事をしている。

「車に乗っていて、仕事のことで言い合いになってさ、そしたら向こうのヤツ、怒ってオレ一人を砂漠の真ん中で降ろして、帰っちゃってさ」

「で、どうしたの」

「しょうがないじゃない。鞄持って、フツーに歩いてたんだよ」

「フツーにって？」

「だから、日本のオフィス街にいる時みたいにさ、歩いてたわけよ。そしたら、さすがに向こうも悪いと思って車で引き返してきたんだよ。オレ、フツーに歩いてるじゃん。フツーの顔して。向こうのヤツ、ものすごくビックリしちゃってさ。すごいって。ミスターイワイはグレートだって。その後、仕事はうまくいったんだけど――さっき言ったじゃない？　わかってないって。言う通り、わかってないンだよね。だって、砂漠の真ん中なのに、オレ、仕事のこと考えてたんだもん。地元のヤツらにしたら、ありえないよな。そりゃ、ビックリするよなぁ。確実に死ぬ状況だったわけだからさ。

言う通りだよヘンだよ。オレ、麻痺しちゃってるのかな。どっか、こわれちゃってんだろうな」

テツコは、スーツの岩井さんが砂漠の真ん中で真面目くさった顔つきで歩いているところを想像した。それは、いかにも岩井さんらしかった。

「テツコの言う通り、人は死ぬよなぁ」

残った焼きそばをかきこんで、岩井さんはそう言った。

それから、神妙な顔で「決心した」と背中をこちらに向けた。

「そうだよ。人は死ぬンだよ。おし、覚悟したッ。さぁ、やってくれ」

そういえば、シップはそのままだった。

「好きなのをはがしてくれ」

「大丈夫なの？」

「いいから、パッとやってくれって」

テツコは一番下のヤツを、思い切ってはがした。

「イタタタタ〜」

言う通り、相当粘着力がきついらしく肌が赤くなっている。その赤い肌に、マジックで「大吉」と書かれていた。

「何だった？」

痛がりながら岩井さんは聞く。

「大吉って書いてある」

「そうか。じゃあ、結婚はしないけれど、二人はこのまま続けた方がいいってことだな」

「結婚、しなくてもいいの？」

「スポーツと同じさ。いいイメージつくってからの方が絶対にいいって」

テツコは他のもはがしたかったが、岩井さんは、絶対にダメだと背中を死守した。

おそらくどれも「大吉」だったのだろう。

「これ、誰の字なの？」

「うん、下のコンビニのバイト君に手伝ってもらった」

いつまでたっても制服の似合わないバイト君の字はうまくはなかったが、本当に大吉だろうと思わせる、迫力のある字だった。プラットホームで盗み見した女の子の手紙の字と、ちょっと似ていた。

「私が来る前、こんなことしてたんだ」

「焦ったよ。時間より早く来るからさ」

岩井さんは砂漠の真ん中でも、補助線が見えると思って歩いていたのだろうか。諦めることなく歩いていると、ふいに、次の世界へのドアが見えるのかもしれない。テツコは、結婚というもののイメージがまるでつかめなかったが、「家族がキライだ」と言ったとたん、自分が歩いてゆくべき方向が見えた気がした。少なくとも、嫌いではない方向へ進んでゆけば、いつかたどりつけるだろう。

岩井さんの家を出ると、ギフからメールが届いた。

「本日、帰ります。ムムムの件ですが、タカラジェンヌはどうでしょう。小田宝(たから)が本名です」

台風はそれたとは言え、風はまだまだ強かった。テツコは追い風の中、歩きながら、〈ムムム〉の両親を思った。娘を本当に宝のように思っていたんだろう。でも、人間は宝石のようにいつも美しく輝いてばかりは、いられない。〈ムムム〉を縛りつけていたのはこの名前かもしれない。

黄緑色の何かが、風に舞って飛んでゆくのが見えた。よく見るとプラスチックの子供用の虫カゴだった。夏休みに使ったままベランダに忘れていたのが、この風に飛ばされたのだろう。テツコは、虫をとらえるはずの虫カゴが空を飛んでゆくのを見て、わけもなく気持ちが明るくなった。虫カゴは意気揚々と飛んでゆく。

ギフから、またメールが届いた。

「今日は、台風がおさまったから、予定通り寿司屋に出かけましょう」

予定通り？　今日、寿司屋に行く話なんてしなかったのに――テッコは、思い当たることがあって一人で笑い出した。駅前に新しくできた寿司屋の名前は、たしか「雷寿司」だった。ギフは、カレンダーの稲妻の絵を「雷寿司の日」だと思い込んでいたのだ。

テッコが長靴をブカブカさせながら、ギフに返事のメールを打っているうちに、虫カゴはどこかへ飛んでいってしまった。それは、たぶん誰も思いも及ばない場所で、そういう場所が、まだきっとどこかにあるのだと、テッコは思った。

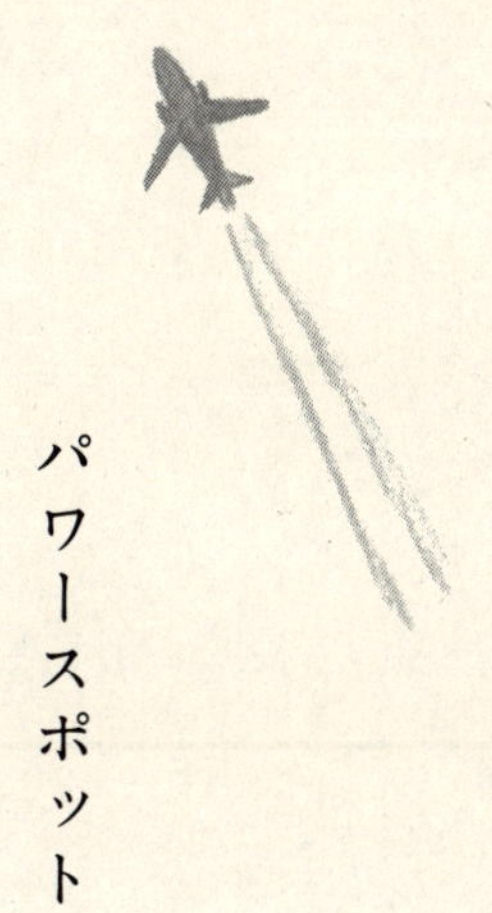

パワースポット

タカラはとほうもなく疲れていた。何をしたというわけではない。入院している知人を見舞っただけだ。

「何だ、元気そうじゃない」

と言って、持っていったサクラモンブランを食べてみせた。それだけだ。

カズちゃんは、もうほとんど何も食べられなくなっていた。そんなことも知らず、のんきにケーキの箱をぶら下げてきたのだった。母が電話で、「カズちゃん入院してるのよ」と明るい声で言っていたので油断していた。母はそういう人だった。余計な話が多くて、肝心なことを言い忘れてしまう。一人暮らしが長くなっていたので忘れていた。頭の中が真っ白になっていると、

「じゃあ、タカラが食べてるところを見せてよ」
と言った。カズちゃんは、昔からそういう気のつかい方をする男の子だった。タカラは気のきかない、がっしりした体格の女の子で、逆だったらよかったのにねぇと、よく近所の大人たちにからかわれた。

四つ買ったうちの二つを食べた。自分とカズちゃんの分だ。自分の失敗をなかったことにしたくて、ひたすら食べた。あとの二つは、カズちゃんの奥さんとお父さんの分のつもりだったので、教えてもらったナースセンターの冷蔵庫にしまった。

食べることに集中していたので、それらが終わってしまうと、またヘンに緊張してしまって、何をすればよいのかわからなかった。タカラは、会社でも家でも、何でもテキパキこなす人間なのに、やるべきことが決まっていないと、とたんに何をしてよいのかわからなくなってしまう。カズちゃんは、それを察して、タカラの仕事の話を聞きたがった。病人に気をつかわせている、そのことがいたたまれず、話が途切れたところで、「また来るね」と部屋を出た。

廊下を歩くことさえ、おっくうだった。歩く速度が遅いからか、やたら入院患者の姿が目に入る。手首に名前と血液型を書いた白いバンドを巻いている。同じようなパジャマを着ているが、きっと病状はみんな違うのだ。元気そうに見えるあの人は、カズちゃんよりいいのか悪いのか、いちいち気になってしかたがない。そもそもカズちゃんの病状は、この病院のどれぐらいのランクに位置しているのだろう。そんなことを考えていると、病院には治る人と治らない人の二種類しかいない、ということに気づいた。死に向かっている人と、生に向かっている人の間は、非情にもくっきりと線引きされているのだ。なのに、みんな、のどかに、待合室で缶コーヒーなんかを飲んだりしている。

病院から出ると、まだ陽は高く、誰もが自分の行き先に向かって一直線に歩いていた。そうだ、この感じだ。タカラは、無言で歩く人の群れの中で、どんどん自分を取り戻してゆく。

私は航空会社の客室乗務員です。今日はオフで、でもお見舞いだから、本当は着たかった花柄のワンピースはやめにしました。あの青い看板の銀行には、自分名義の残高が七十万ぐらいあります。その横のコンビニには、私の好物のロールキャベツのおでんが百二十円で売られています。今日、お見舞いに行ったカズちゃんは、実家の隣に住む幼なじみです。彼の病状は思わしくありません。

空にヒコーキ雲がまっすぐにのびていた。偶然ではなく、決まった時間に飛ぶ飛行機がつくる雲。カズちゃんは治らないかもしれない。それは、自分がどんなにがんばってもどうにもならないことだ。あの直線の雲を一ミリだって変えることができないのと同じぐらいに。

「カズちゃん、死なないで」

信号で立ち止まった瞬間、誰にも聞こえないように声に出して言ってみた。なんとも間の抜けた声だった。そういえば、さっきまで病室で感じていた苦しさが、今はまるで感じられない。後輩の黒河内の口癖である、気の抜けた「頑張れぇ〜」と同じだった。切迫したものが何も感じられない、聞きようによっては人をバカにしたような言い方。

「カズちゃん、死なないで」

そうなのだ。私の言葉など、ゴミに等しい。何を言ったところで、何かを変えることなど到底無理なのだから。

そうか、〈むなしい〉というのは、こういうことを言うのかと思った。

夕方から、飲み会の約束があった。ケータイで場所を確認しているうちに、カズちゃんのことも、むなしいと思ったことも、きれいに忘れてしまった。

「私、あんたに言ったっけ?」

タカラが、バリ島旅行に持ってゆくシュノーケルやら足ヒレやらを実家に取りに帰った時、母親が教えてくれた。

「カズちゃん、亡くなったのよ」

桃を家族で食べていて、ハツモノを食べると何年寿命が延びるんだったっけ？という話をしていたら、突然、母がそう言った。

「それ、いつ？」

タカラは、悲しいというより、不思議な感じだった。そうか、カズちゃん、いないのか。

「四月だよね？　桜がきれいに咲いてたから。あんた帰って来ないじゃない。電話してもめんどくさそうだしさ」

桃の汁が、タカラの手の甲から、だらだらしたたり落ちる。

カズちゃんの病室でサクラモンブランを食べたのは三月の初めだった。

「若いヤツの葬式は、かなわんよなぁ」

父親の声はしんみりしていたが、手にしたテレビのリモコンで、目まぐるしくチャンネルを変えている。

タカラは、泣くのも驚くのも、自分の気持ちに沿わないような気がして、「ふーん」

と空気が抜けるような返事しかできなかった。そして、修学旅行のおみやげにカズちゃんにあげた、雪だるまがスキーをしている人形はどうなってしまったんだろうと考えていた。あののんきな顔の雪だるまは、カズちゃんがいなくなっても、まだ隣の家のどこかにしまわれているのだろうか。今から隣に行って、昔よくやった、かくれんぼうのように、扉という扉をすべてひっぺがして探し出したいという衝動に突き上げられる。

今となってはどうでもいいような、そんな人形のことを思い出すのは、久しぶりに実家に戻ったせいだろうか。タカラの部屋は、家を出た時のまま、手をつけられていなかった。見覚えのある柄の布団を敷いて横になると、何もかもよく知っているはずの部屋の天井なのに、なんだか知らない場所に来てしまったような、取り返しのつかない気持ちになってくる。

布団の中で「悲しい」とつぶやいてみた。甘ったるい声だと思った。思いながら、前に交差点で「カズちゃん、死なないで」とつぶやいたことを思い出した。やっぱりなんだか違う。あの時と同じだ。そうではないのだ。「悲しい」とか「つらい」とか、そんなありきたりのコトバしか頭に浮かばない。タカラは、ぴったりのコトバを何とか探そうとしたが、そんなものが、この世にあるとは到底思えなかった。なので、コトバの方は諦めて、気持ちの方を幾重にも折り畳んで、小さく小さくした。ミクロの粒ぐらいにまでなったかなと思った時、突然、弥勒菩薩は五十六億七千万年後に助けにやってくるという、脈絡のないコトバが頭に浮かんだ。そうか、「助けて」というコトバが、今の気持ちに一番近いんだと思った。でも、だからどうなんだと誰かに言われそうな気がしたとたん、思考はそこでストップしてしまい、そのまま眠りについた。

タカラは、最近、何をやっても楽しくないということに気がついていた。でも、年をとるということは、そういうものかもしれない、とたいして気にしなかった。

中堅と呼ばれるようになると、とにかく仕事が忙しく、自分のことはいつも一番最後の後回しになってしまう。上司や部下から信頼されると嬉しく、その実感が、もっともっと欲しくなり、かなり頑張って仕事に打ち込んだ。だから、突然、笑うことができなくなった時は、何がどうなったのか自分でも理解できなかった。充実した生活を送っていると信じきっていたから、神経クリニックの先生に、

「今は、いい薬があるんですよ」

と、分厚い薬の見本帳のようなものを見せられて、傷ついた。まさか、自分が、そう

いう種類の薬をのまねばならなくなってしまうとは思っていなかったからだ。もう終わりだと思った。なのに、先生はネットでTシャツを選ぶように、

「小田さんには、こんなのがいいんじゃないかなぁ」

とニコニコしながら、薬をすすめる。先生の水玉模様のネクタイに、よく似合いそうな色合いの錠剤を一週間分処方してくれた。

病院の帰り、中学の時、同じクラスだったサカイ君に会った。布団屋のシャッターに貼られた「只今、新婚旅行に行ってます」の貼り紙を読んでいて、油断していた。勤め先に近いクリニックに行くのがイヤで、わざわざ実家の近所にしたのに、なぜだか知り合いに会ってしまう運の悪さ。

サカイ君は、不自然な笑顔で近づいてきて、少し不気味だった。それを察したのか、サカイ君は、あわてて自分は顔面神経痛だと説明した。意図しないところで笑ってしまう病気なんだと言う。

「悲惨だよ、オレ」

と笑いながら言う。

「だって、オレ、産婦人科医だったんだぜ」

ヘラヘラしながら検診するのが問題になって、辞めてしまったらしい。あの仕事は

過剰な笑顔は禁物なのだと言う。

タカラが眉をひそめて聞いていると、

「いやだなぁ、そんなに悲壮な顔するなよ。オレの話、そんなに悲惨だった?」

「違うの」

しかたなく、タカラが「私の場合は逆に笑えなくなったんだよね」と事情を話したら、サカイ君はゲラゲラ笑った。

「CAなのに?」とヒィヒィ息を吸いながら、

「見て見て、オレ、今、本当に笑ってる」

と喜んだ。

「この病気になって、初めて心から笑ったかも」

そう言えば、タカラはもう何年も心から笑ったことがない。笑えなくなる前から、たぶん大学生だった頃から、楽しくて楽しくてしかたがない、ということはなかったような気がする。

「だって、CAの制服着て、笑ってたんだろ?」

「仕事だからね」

「そりゃ、お前、病気になるわ」

「そうか」

「まっ、オレの方も同じようなもんだけどね」

大人になったサカイ君は感じがよかった。中二の時は、世の中をバカにしたような、すねたような顔をしてたのに、こうやって、病気だとはいえ笑っているのは好感が持てた。

「商売、逆だったら良かったのにね」

とタカラがクソ真面目な顔で言うと、サカイ君はまたイヒヒヒと笑った。

「うける。マジ、うけるぅ」

と、嬉しそうに言う。

「小田の話、深チンにしてやっていい?」

深チンというのは寺の息子で、昔はゆで卵のようにつやつやとした顔をしていた。中学ではたしかバンドをやっていたが、今は頭を丸めて寺を継いでいるはずだった。

「あいつ、バイクで事故って正座できなくなってさ、住職やめたの」

「じゃあ、今、何してんの?」

「そういや、しばらく連絡してないなぁ」

深刻な病状の患者の前でも笑ってしまう産婦人科医、笑い方を忘れた客室乗務員、正座できない寺の坊主。自分がこんなことになる前、目の前に広がるのは何ひとつ変わりそうもない退屈な風景の連続だと思っていたが、世の中は、けっこう波瀾に満ちているのかもしれない。

「私たちだけじゃないんだ」

「そーだよ。みんな、いろいろあるんだよ」

街は相も変わらず、みんなが一直線に歩いてゆく。その中を、自分とサカイ君だけがぷかぷかとクラゲのように漂っているような気がした。

「三人で、パワースポットでも行く?」

サカイ君は、相変わらず笑っていて、本気なのか冗談なのかわからなかった。

別れてしまってから、連絡先の交換をしなかったことに気づいて、やっぱり冗談だったんだ、と思った。


律儀に神経クリニックでもらった薬をのんだが、急に治るようなものでもなく、結局、休職ということになった。日光を浴びてみたり、イタリアへ行ってみたり、食べたいものを好きなだけ食べたりしているうちに、体がひと回り大きくなっただけで、笑顔が戻る気配はなかった。

休職にも限界があって、もう退職するしかなかった。太ったというより、がっしりしてしまったタカラが、業務の手続きで久しぶりに会社に出向くと、同僚や上司はにこやかに笑って声をかけてくれた。が、どこか驚愕と爆笑と憐憫(れんびん)の表情だった。しかし、それも一瞬で、すぐにタカラに興味を失い、自分の仕事に戻っていった。タカラは、人に会っても、「はぁ」とか「まぁ」といった曖昧なコトバしか出せなかったが、会社を出る時、もう自分はここに戻ることはないということだけはわかった。

それでもがんばって一人暮らしを続けていたが、貯金が底をつくと、実家に戻るしかなかった。タカラは二十九才になっていた。

実家に戻ってしまうと、タカラの生活は自堕落そのものになった。きっと自分のことを噂してるであろう近所の人に見られたくなかったので、昼間の外出は避け、夜にだけ外の空気を吸うために歩いた。

街は、もう自分の馴染みの場所ではなかった。かつて自分は街の一部ですらあったはずなのに、今はまるで関係のない、ＣＧでつくったセットの中をさまよっているようだった。

夜中の二時頃、タカラがいつものように夜道を歩いていると、カズちゃんのお父さんと会った。会ったというか、お父さんは夜空に向かって、神経を集中していた。

タカラは、お父さんと同じように夜空に目をこらした。いくつもの星が尾を引きながらあらわれては消えてゆくのが見えた。思わず「何、これ」と声を出すと、カズちゃんのお父さんは、やっとタカラに気づいて、

「おお、隣の？」

と声を上げたが、タカラの名前は思い出せないようだった。

「あんたも、ペルセウス座流星群を見に来たの？」

お父さんは、もったいないのか夜空から目を離さず言った。

タカラもまた、大安売りセールのように流れてゆく星を、ひとつ残らず見たくて、顔を上げたまま「そうです」と答えた。もちろん、今日がそんなイベントの日だったとは、お父さんに会うまで知らなかった。

流れ星が見えなくなっても、二人はしつこく空を見上げたまま「あれは違いますか？」「違いますねぇ」などと去りがたく、そこにいた。

カズちゃんのお父さんは、次はふたご座流星群が十二月に日本で見ることができるのだ、と教えてくれた。十二月、そんな近い将来ですら笑えない自分がどうなっているのか、想像もつかなかった。でも、たぶん、自分はおめおめと生きているのだ、と思った。

突然、申し訳ない気持ちに襲われる。すみません。カズちゃんみたいないい子が死んだのに、私のようなものが生き続けてすみません。本当に本当に、ごめんなさい。気がついたら、タカラは泣いていた。

お父さんは、すぐに気がついて、ショルダーバッグ——夜中にそんなものを持ってきているとは、その時まで気づかなかったが——その中から、くたくたのポケットティッシュを出してきて、タカラに渡した。ティッシュの広告にある銀行は、何年も前に合併して名前を変えている。ずっと何年も家に置いていたのだろうか、そのティッシュで鼻をかむと、かすかにカズちゃんの家の匂いがした。

ふいに、カズちゃんの家の裏庭の湿った空気を思い出す。二人は、そこでよく苔（こけ）を集めた。家から持ち出したバターナイフで、とても上手に苔をはいでみせたカズちゃんの手。こうやって、苔をはぐ遊びを二人はひそかに〈手術〉と呼んでいた。

「やってみて」

と、重々しくバターナイフを渡す、真面目くさったカズちゃんの顔。

うまくできなくて、カズちゃんを見ると、

「大丈夫」

とうなずいた。

新米の研修医を励ますように、

「ボクが見てるから大丈夫」

そう言って、本当に辛抱強く、タカラの手元を真剣に見つめていたカズちゃん。

「本当に見ててよ」

「大丈夫。ずっと見てるから」

タカラは、カズちゃんのコトバを信じて、湿った地面にバターナイフを差し込んで、ぐいぐい力強く裂いてゆく。あの時の私は自信に満ちていた。それは、カズちゃんが見ていてくれたからだ。

「カズちゃんのウソつき。ずっと見てるって言ったくせに」

タカラの絞り出すようなコトバを、お父さんはじっと聞いていた。

自分だけ先にいなくなってしまって、私はどうしたらいいの？　誰に大丈夫って言ってもらえばいいの？　ウソつき。ウソつき。ウソつき。自分の意思に関係なく、涙が次から次へと流れてゆく。

ずいぶん時間が経った気がして顔を上げると、お父さんは、まだ空を見ていたが、タカラに気づいて、話しかけた。

「死んだら星になるって言うでしょ？　あれ、ボク、信じられないンですよね」

お父さんは、少し離れた場所に、タカラと同じように体を縮めて座り込んだ。

「だってほら、ボク、自然科学の人だから。子供の時から、天体の写真見て育ってきてるから、死んだら星になるって言う人のこと、子供心にバカだなぁと思っていてね」

話を聞くことに集中していると、いくぶんかタカラの心が落ち着いてきた。

「でも、本当にそうだったらいいのにね。星になって見ててくれたら、それだけで、救われる部分はあるよね」

夜空を見上げるお父さんは、朝、出勤する時と同じ顔をしていて、悲しみを抱えている人には見えなかった。見えないけれど、どうしようもなく、それはあった。夜の冷たい空気の中で、それがタカラのところまで伝わってくる。

「大丈夫」と言ってあげたかったが、言えなかった。カズちゃんは、なぜあんなに真っ直ぐな目をして「大丈夫」と言えたのだろう。何の確信も持てない自分には、到底言えないコトバだった。お父さんの背中をさすってあげることさえ難しい。タカラは、自分が本当にゴミになってしまったような気がした。

突然、お父さんが「上を向いて歩こう」を歌い出した。低い声なのに、夜の空によく通った。途中で、

「ボク、案外、ロマンチックボイスでしょう?」

と言ったので、タカラは笑ったが、たぶん、困ったような顔にしかならなかったのが、自分でもわかった。


　帰り道、お父さんの歌は、いつの間にか「見上げてごらん夜の星を」になっていた。

思い切って、タカラは考えていたことを口にした。

「カズちゃんは、やっぱり星になったんじゃないでしょうか?」

お父さんは、歌うのを止めて、

「その根拠は?」

と、大真面目な顔で聞いた。

「根拠はないです。でも、そういうふうに二人で信じるというのは、どうでしょうか?」

　長い沈黙の後、

「何度もそう思おうと思ったけど無理だったんだよね」

と言って、また歩き出した。

「一樹(かずき)はね、手品みたいに消えたの。この世から、パッて、あとかたもなく消えちまったの」

揺れるお父さんの背中を見ているうちに、タカラの中に、何かが突き上げてきた。そうじゃない。そうじゃない。私も、そう思っていた。でも、たぶん、そうじゃない。お父さんに、今もカズちゃんが空から見ていると、何としても信じさせなければならない。そして、なぜかお父さんがそう信じると、自分もまた救われると確信した。全て根拠のない話だ。そんなわけのわからない話をお父さんに納得させるのは無理だろう。タカラは歩きながら考えていた。どうすれば、お父さんは信じてくれるのだろうか。

「じゃあ、カズちゃんの形見をくれませんか？」

お父さんを追いかけたので、切れ切れの息だった。

「何が欲しいの？」

高校を出てから、ほとんど会っていなかったから、カズちゃんが何を持っていたかなんてわからなかった。

「雪だるま、雪だるまを下さい。私が修学旅行のおみやげであげた雪だるま。見たことないですか？　雪だるまがスキーしてる人形」

お父さんは「うーん」と考え込んでいたが、タカラの顔があまりにも必死だったからか、探してみようと約束した。

数日後、お父さんは本当に探し出してくれて、茶封筒に入った雪だるまが、タカラの家のポストに入っていた。思ったより小さいもので、赤いスキー板の裏に、

「HAVE A NICE DAY」

と書かれていた。

カズちゃんのお嫁さんの手紙も同封してあった。

「お隣さんへ

義父と、家の中を探したのですが見つからず、もう諦めようと言っていた時、車のミラーにぶら下がってたヤツじゃない？と気づきました。あんなに長く見ていたのに何で気づかなかったんだろうと、大笑いしました。車は従兄弟（いとこ）にあげていたので聞いてみると、たしかに雪だるまは家で使っていた時のまま、ぶら下がっているとのこと。従兄弟も、捨てられなかったみたいです。

一樹が残していったものは、案外たくさんあって、私たちは、それに気づいてないだけかもしれません。雪だるまを探していて、そのことに気づきました。ありがとうございます。一言、お礼を言いたかったので。徹子（てつこ）」

カズちゃんのお嫁さんの名前が、徹子さんだと初めて知った。よし、カズちゃんの

人形は手に入った。後はこれを空に打ち上げるだけだ。

　タカラは久しぶりに、本当に久しぶりに、後輩の黒河内に連絡をとって、会う約束をした。誰かと約束をすることも、外食することも、ストッキングをはいたり、お化粧したりすることさえも久しぶり過ぎて、何度もくじけそうになった。でも、これだけは、何と思われても黒河内に頼むしかないのだった。

　もう街の人たちは、自分とは全く違うものを身につけていて、それに比べると自分の全てがやぼったい。働いている時は、変わりばえしないと思っていたものも、目まぐるしくデザインや色を変えて、せわしなくバージョンアップを繰り返していた。

　約束の場所にあらわれた黒河内は、前と変わらぬテンションで「せんぱ～い」と両手を耳の位置で振りつつ、内股でぴょんぴょん駆け寄ってきた。チワワみたいな顔をして、相変わらず人なつっこく、バカっぽい。

「せんぱ～い、肌、めっちゃきれいになったんじゃないですか？　やっぱ、会社辞めて正解っすよ。長沢(ながさわ)なんか、もうさらにブツブツ激しく増してますよぉ。人のいるとこじゃないっすよ。あんなとこ。絶対、正解っすよ」

　黒河内は、タカラが辞めた後のことを話しながら、何度も「正解」を繰り返す。

「実はさ、クロちゃんに頼みたいことがあってさ」

タカラは、雪だるまの人形をテーブルに置いた。何もかもピカピカの場所に置くと、たった今、犬が埋めたのを掘り返してきたのかと思うような汚さだった。黒河内は、真剣な目で雪だるまを見つめている。

「あんたがフライトの時、これ持って行って欲しいんだ」

「何ですか、これ？」

「それは、つまり、おまじない？」

黒河内は雪だるまの汚さと、おまじないというコトバに何か感じるところがあったのか、何となく納得したようだった。

「これ、あれだから。私が、笑えるようになるかもしれない、おまじないだから」

とたんに、黒河内の背筋が伸びて、真剣な顔つきになり、

「やります。やらせて下さい」

と身を乗り出した。

「つまり、私がこれを持って飛行機に乗ったら先輩は笑えるんですね？　わかりました。私がCAしている限りは必ず持ってゆきます。私が辞める時は、見込みのある子を見つけてそいつに頼みます。その後輩にも、同じようにさせます。代々、これを持って飛ぶよう、私が責任を持ちます。だから、だから、先輩」

黒河内は声をつまらせていた。

「幸せになって下さ〜い」

やっぱり、どこか人をバカにしたような言い方だった。でも、黒河内のコトバはゴミではなかった。タカラには、ちゃんとしたコトバに聞こえた。

別れてから少しして振り返ると、黒河内はまだ同じところにいて、ドロップぐらいの大きさになっても、まだ叫んでいた。やっぱりアイツはバカだよなぁと、泣きそうになりながら、タカラもまた、何度も何度も手を振った。

カズちゃんのお父さんは、休日だというのに、やっぱりスーツだった。

「今日は、何を見せてくれるのかな？」

商店街を抜けたところにある橋の上から見る空が一番大きい、とタカラは信じていて、お父さんをそこに呼び出したのだった。

「もうすぐあらわれます」

タカラが、腕時計と空をかわりばんこに見ていると、空に小さくキラッと光るモノが近づいてきて、あわてて、

「あれです！」

と指さした。

「あそこに、カズちゃんが乗ってるンです」タカラのせっぱつまった声に、お父さんは眩しそうに目を細めて見ている。

「正確にはカズちゃんじゃなくて、カズちゃんの雪だるまが、あそこにいるんです。あそこから私たちを見てるンです」

タカラは、黒河内に頼んだことを、早口で説明した。お父さんは何も言わず飛行機を見つめていたが、突然、空に向かって大きく手を振った。

「おーいッ！　一樹ッ！」

初めて聞くお父さんの大声は、けっこう太くて男らしいものだった。

「オレ、ここにいるぞぉッ！」

中のものを全部、吐き出すように、そう叫んだ。飛行機が行ってしまうと、お父さんはタカラに、

「やだなぁ、叫んじゃったよ、オレ」

と笑った。

タカラは、笑いたかったが、困ったような顔にしかならなかった。でもよかった。何がどうよかったのか説明できないけれど、でも、本当によかったと思った。

「そういや、一樹、よく言ってたなぁ。飛行機を見るたびに、あれにタカラが乗ってるかもって、あッ！」

お父さんは、タカラの顔を見て、

「タカラだ。名前、タカラだよね」

お父さんは、自分が名前を思い出したことに、やたら興奮している様子だった。

「私のことなんて、話したりしてたんですか？」

「話した、話した。病室でもよく話してた。ヒコーキ雲を見て、あれは、タカラが空を切りさいた跡だって。タカラの乗った飛行機がファスナーの先端で、ぐいぐい空をわけながら進んでいくんだ。あのヒコーキ雲は、タカラが先頭を走ってできた跡なんだって」

カズちゃん、私はそんなにちゃんと生きてなかったよ。

「タカラは、思いついたコトは、すぐに取りかからないと気がすまないタチだって言ってたけど、本当だったんだね。あの雪だるまを、あっという間に空に飛ばすんだもんなぁ」

言う通りだった。カズちゃんが手品みたいに消えたんだとお父さんが言った時から、タカラは、何かにとりつかれたように夢中だった。ただただ、雪だるまを空に飛ばすことだけを考えて、行動していた。その後のことなんか、何も考えていなかった。ただ、お父さんに、カズちゃんは消えてしまったんじゃないと、それだけを伝えたかった。

お父さんは、昔からある喫茶店で、コーヒーを御馳走してくれた。タカラが子供の頃、あそこは魔法使いの館だと噂していた店だった。年をとったマスターの鼻は、今も異常に高くて、やっぱり魔法使いっぽい風貌(ふうぼう)だった。

「いい名前だな、タカラ」

「いい名前ですか？」

「いい名前だよ」

そう言った後、黙って窓の外を見た。空を見ているようだった。そして、

「オレ、くたくたになるまで生きるわ」

と言った。

窓からの陽がお父さんの横顔を美しく照らしていて、フェルメールの絵画のようだった。静かで、でも揺るぎなくそこにいた。最後に病室で見たカズちゃんのように。カズちゃんは、あの時、たしかにあそこにいた。病気だけれど、まだちゃんと生きて、そこにいた。なのに自分はあの時、コソコソと逃げ出すことしか考えていなかった。

怖かったし、見たくなかった。だけど、カズちゃんは、すべてを受け止めて、あそこにいたのだ。あの時の私は、愛想よく笑いながら、何ひとつ引き受けていなかった。

「私も」

お父さんが、タカラの声にゆっくり振り向いた。

「私も、くたくたになるまで生きていいですか？」

お父さんの顔が、ゆっくりと笑顔に変わっていった。まるで、タカラにこんなふうに笑うんだよ、とお手本を見せるように。

「見ててあげるよ」

窓の外の空を指しながら、

「あそこから、ずっと見ててあげる」

と笑った。笑ったお父さんの顔は、カズちゃんとよく似ていた。

タカラは、今なら何でもできる、と思った。

タカラは、就職活動を始めた。髪を束ねて化粧をきっちりして、気を引き締めて家を出たとたん、サカイ君に出くわした。

サカイ君は、前に会った時より落ち着いた笑顔で近づいてきた。

「ちょうどよかった、小田に話があってさ」

「パワースポットのこと？」

「そう、それ。何でわかったの？　深チンがえらく乗り気でさ。自分は金のこと仕切るから、お前は料理担当しろって言われてさ。あッ、オレ、調理師免許、とろうと思ってるんだ」

へぇ、弁当まで持ってゆくつもりなのだ。パワースポットに三人で行くという、間抜けな計画がまだ生きていたんだと、タカラは少しおかしかった。

「じゃあ、接客はどーする？という話になって、小田がいるじゃんって」

「接客？　接客って何よ？」

「だから、店のだよ」

「何の店？」

「え？　言ってなかったっけ？　あーゴメン！　全然言ってなかったよなぁ。深チンが惣菜屋、やらないかって言い出してさ、ほら、橋の向こう側に大きな病院ができただろ？　昼メシでけっこう儲かるんじゃないかって、で、オレが仕込みして、深チンが経理で、小田のセンスで若い女の子も呼べるんじゃないかって、あっ、ゴメン。お前、出かける途中だったんだよな」

「うん、そーだけど」

「じゃあ、後で時間つくるからさ、パワースポットの話、聞いてよ」

「パワースポット？」

「ああ、店の名前『パワースポット』にしようかって、坊主の考えることは違うよな」

パワースポットにすがろうとしていた三人だったはずなのに、パワースポットをつくってしまえという発想になってしまっていることがおかしかった。

ふいに、まだ見たことのない「パワースポット」という名前の小さい惣菜屋がありありと目に浮かんだ。表に出した小さく青い看板にオニギリの絵が白抜きされていて、店名の入ったガラスの扉を開けると片側に作り付けのカウンターがあって、丸イスが五つほど並んでいる。その狭いイートインスペースを抜けて奥にゆくと、色とりどりの惣菜の並んだガラスケース。その後ろに使いやすい厨房。大きい鍋から筑前煮やら、金時豆やらの煮える匂いがして、そんな中、サカイ君が頭に手拭いを巻いて、メンチカツを揚げている。

「小田は、いつ空(あ)いてる？」

「その話、今、聞く」

「え？　いや、だって、今から出かけるんだろう？」

「もうよくなった」

タカラは、サカイ君をひっぱって、どこか落ち着いて話せるカフェはないか、目まぐるしく頭を働かせる。そうだ、カズちゃんのお父さんと入った魔法使いの館が一番近い。

「ちょっと待てよ。お前、歩くの速すぎるんだよ」

タカラは、今、私はファスナーの先端だと思った。しっかりと閉じられているこの道は、私が開けてくれるのを待っている。そう思ったら、何だか嬉しくて、気がつくと心の底から笑っていた。

山ガール

　とりあえず趣味なのだと思った。この先、必要なのは、時間をつぶす何かなのだ。定年はすぐそこまで来ている。それまでに趣味というものを見つけなくてはならないんだよなぁ。そう、ギフがつぶやくと、通販のカタログを吟味していたテツコが顔も上げず、

「趣味ならあるじゃないですか」

と言った。

「何ですか？」

「星とか見てるの」

「いや、あれは仕事の延長でしょう」

ギフは、テレビのチャンネルをガチャガチャ回しながら答えた。この家のテレビのリモコンはボタンではなく、昔ながらのダイヤル式のチャンネルが貼りついている。テレビはやっぱりガチャガチャ回すやつでないといけない、と言うと、高校時代からの友人がつくってくれた。その友人も、一樹（かずき）と同じ病気で亡くなって、もう五年ほど経つ。思えば多才なやつだった。あいつなら、長生きしても困らなかっただろうに、と思う。

「星と気象予報士って何つながりなワケ？」ギフの職業は気象予報士である。

「だって、地球も星でしょ」

「お〜〜ッ」と、テツコは大いに感動した。

「ギフの商売って、めちゃくちゃ壮大だったんだあ」

テレビでは、山ガールの映像が流れている。最近、登山する女子が増えていて、それを山ガールと呼ぶらしい。スカートと呼ぶのか、ズボンと呼ぶべきなのか、どっちつかずの服装の女の子が、こちらに向かってポーズをつけて笑っている。

「山登りか、山登りなぁ」

それもありか、というようにギフはつぶやいた。

「何だ？　キョーミあるんですか？」

「やってみたいという気持ちは、ある」

「じゃ、やってみれば」

「いや、でもなぁ」

テツコが煎(い)ってくれた銀杏(ぎんなん)に手をのばしながら、

「年とって、山登りって、危なくない？」

と言った。

「えーッ、何でぇ？　フツーだと思うけど」

「ほら、よく死んでるし。年寄りが遭難したって」

「あー、そっちね。マジに危ないってことね」

「マジじゃない危ないって何よ」

「アブノーマルっていう意味かと思った」

「ああ、そっちか」

ギフは、すでに銀杏の固い殻をむくのに、半分意識がいっている。むきながら、

「ん？　そっちって、どっちだ」

などとつぶやいている。

「トモダチに山ガール、いますよ。一回、連れて行ってもらいますか？」

「いきなり山ガールって」

「いや、だって、何が？」

「いや、だって、女の子と一緒に行くんだったら、こっちが熟練してから、ナニしたいじゃないの」

「ナニって、何ですか？」

テツコの声が太くなる。

「いや、だから」

ギフは少し考えて、「いいとこ見せたい」と小さく言った。

「そんなこと考えてンだ」

テツコが立ち上がって食べ終わった茶碗やら皿を流しに運び、洗い始めると、居間の方からギフの「山ガールかぁ」という小さなつぶやきが聞こえた。

テツコが布団を敷いていると、ギフがその横で神妙に座り、

「お願いしてみようかな、その山ガール」

と言った。

「いいけど、たぶん、ギフが思ってるような子じゃないですよ」

「何才？」

「気になるの、そこですか？」

「そういうわけじゃなくてぇ」

「んー、三十二才ぐらい？」

「ほぉ」

　ギフの肌は風呂上がりで、うすいピンク色になっている。「ほぉ」という声も同じような色でうわずっていた。ギフの思っているような子であったらしい。

「私は、行きませんからね。山登り」

「え？　何で？」

「ヤですよ。そんな疲れること」

「じゃあ、二人で登るの？　オレたち？」

「オレたちって」

　あ、オレたちはおかしいか、まだ会ってないんだもんな、とあたふたしていたが、やがて遠くを見る目になり、

「大丈夫かな、オレ」

と言った。

「知りませんッ！」

テツコは、ぼんやり座っているギフに枕を投げつけたが、それすら見えてないようで、投げつけられた枕に、

「展開が、速すぎるよね」

とささやいた。

山ガールから、

「登山というよりハイキング程度のものですよ」

というメールがきた。

「それでもよかったら、今度一緒に出かけましょう」

山ガールのメールは絵文字が一切なく、固く、律儀な雰囲気だった。

道具は何を用意すればいいですか？とギフが返信すると、じゃあ一緒に買いに行きましょうと言ってくれて、自分が思っている以上の速さでことが進んでいくのが、恐ろしいような、嬉しいような……今までにないような時間の中にいる、ということだけはたしかだった。

待ち合わせの場所に行く前に、ＡＴＭでお金を引き出すことにした。が、いくらあれば道具が揃うのか全くわからず、奮発して十万おろした。吐き出されたお札を数え

ながら、道具という言い方は少し古かったなぁと反省した。ツールだ。今はツールって言うんだ。いや、山登りの道具は、そうは言わないのか？　どっちだ？　使うのか？　使うと恥かくのか？　やめておこう。今日は、その手の単語は使わないことにする。そうだ。うん、そうしよう。ふと、ガラスに映っている自分の姿が見えて、ぞっとなる。そうだ。背中を丸めてチマチマとお金を財布にしまっているのは、どう見てもヒンソなジイサンだった。

山ガールは、待ち合わせのデパートの角で、建物に突き刺さるのではないかと思われるほど、角の先端に立っていた。

「小川里子（おがわさとこ）です」

という声は、メールの文章と同じように、低くて律儀そうであった。

「ギフさんですか？」

「あっ、はい。あ、でもギフっていうのは」

「あ、そうか、そうですよね。てつがずっとギフって呼んでるから、何か、あだ名みたいに思ってて。私まで、つい、すみません」

「いやいや、じゃあギフで」

「呼び捨ては、ちょっと」

「テツコさんは、テツって呼ばれてるんでしょ?」

「あっ、そーです。私、てつって言いました? そうです。てつです。私は、ひらがなのてつって感じで呼んでます」

「ボクは、小川さんのこと、何て呼べばいいですか?」

「そりゃあ、何でも好きなように」

「じゃあ、師匠で」

「それは、漢字ですね」

山ガールは宙をにらんで言った。

「あ、いけませんか?」

「いや、いいです。漢字で。十分です」

そう言って、かしこまり、

「では、師匠ってことで」

と頭を下げた。とてもゆっくりとした、丁寧なお辞儀だった。

アウトドアの店で、ヤッケとリュックを買い、そこから五分ほど歩いたところにある別のショップで靴を買おうと店を出た。さっきの店にも置いてあるけれど、今向かってるショップの方が種類が豊富である、と師匠は言った。さっきのは店で、今から行くのはショップなのかとギフは心の中で反芻する。師匠は、これから行くところは店員に知識があること、品物の並べ方にセンスがあること、アフターケアが親身であることなどを、恐縮しながら、後ろを振り返り振り返り、早口で説明した。

師匠は、ギフより背が低かったが、歩くのは速かった。途中、そのことに気づいて、ギフに歩調を合わせてくれた。そして、今度は山がどんなにいいか、熱を込めて説明しはじめた。

「そんなにいいんですか？」と聞くと、「そんなにいいんです」ときっぱりと答えた。もし、実際に行ってみて、そんなにいいと思わなかったらどうしようと心配になった。この人にウソをつくのは、イヤだなぁと思ったからだ。師匠の横顔は、美人ではなかったが、正面から見ると大日如来のように、左右対称の揺るぎのない表情をしていた。やっぱり、その時は正直に言うしかないな。ギフは、そんな小さな決意をしながら、レジで現金を使わずカードを出して、体を反らしぎみに「一括で」と言った。ＡＴＭから出てきた一万円札は、どれも薄汚れてシワシワだったからだ。なぜか、師匠の前では、まっさらなピンッとした自分でありたかった。このことをテツコが知ったら、また「フンッ」と鼻で笑われそうだな、と思った。そして、そんな小さな秘密は、実に何年ぶりだろうと思った。

師匠といよいよ山登りをするという前日、ギフは庭に出て天に向かって必死に祈っていた。たぶん、明日晴れますようにと言っているのだろう。この人、自分が気象予報士ということを忘れているよ、とテツコは思った。

買ったばかりの小さなリュックは、もう何日も前から必要なものがちゃんと入っているらしく、ふくらんで、つつましく部屋の隅に鎮座している。テツコは中を見たくてうずうずしたが、それはやってはいけないことなので我慢した。長く同居を続けていると、自ずとルールができてくるものである。見えていても見えてなかったことにする、ということはとても重要なことなのだった。だから、小さいことを見つけては、「ね、見た？ 見た？」とすり寄って来て、見たことの一切をしゃべりきらないと気のすまない女友達は苦手だった。山ガールの小川は、そんな女ではなかった。ギフが用意した、あの小さくふくらんだリュックのように、つつましく、目立たず、いつも会社の隅にいた。飲み会で、休日は山登りをすると聞いて、小川さんの中身って何かカッコいいじゃん、とテツコは思ったのだった。

ギフは祈り終えた後、体中の力を喉に集中し「カッ」と地面に痰を吐き出した。出し切った充実感に満足していたが、テツコの視線に気づき、あわてた。テツコは、すかさずティッシュを差し出し、ギフは、それで地面に吐き出された自分の痰を始末した。くるんだティッシュをちゃんとゴミ箱に捨てるまでを確認して、ようやくテツコは自分のやるべき仕事に戻っていった。ギフは、ここはオレの庭なのにと思い、「オレの痰は、犬のウンコか」と言いたかったが、口に出さなかった。一緒に暮らしていると、言っていいことと、悪いことがあるのである。山ガールを紹介してくれたことだし「まッいいか」と、いそいそと座敷に上がり、もうすでに何回も点検しているリュックの、最後のチェックを始めた。

登山口のある駅に降りると、同じようなかっこうをした年寄りたちが、いくつかかたまりをつくっていた。みんな慣れた様子で、何かを交換したり、しゃべったりしている。ひょっとして素人はオレだけか、とギフが身構えていると、「おまたせ」と師匠が改札口から降りてきた。テレビで見た山ガールより、いくぶんか地味だったが、一目でズボンとわかる服装だった。襟元からチラチラとピンク色のアンダーシャツが見えるのがいかにも若々しく、まわりの年寄りに見せびらかしたい気分であった。そんな、うきうきした気分を抑えきれず、まだ山にも入ってないというのに「さすがに空気がうまい」などと口走ってしまい、調子に乗ってると思われはしないかと、少々焦ったが、師匠もまた無邪気な顔で「でしょ？」と言ったので、ほっとした。

山歩きは、やってみると思った以上に気持ちのよいものだった。山でも師匠はギフのペースに合わせて歩いてくれる。

「もうちょっと歩くと、見晴らしのいいところに出ますから、そこで休憩しましょう」

まだまだ歩けるところを見せたかったが、素直に言葉に従うことにした。

「今年は、紅葉が遅いんですよ。本当なら、あのへんも、もっと燃えてるんですけどね」

「ほう、燃えてますか？」

「燃えてます」

師匠は、どんな言葉もきっぱりと言い切る人のようである。

休憩の場所に着くと、師匠は、リュックから小さな袋を出して、何かのタネのようなものを渡し、疲れたらこれをかじるといい、と言った。カレーなどに入っているカルダモンというスパイスの実で、それを嚙むと元気が出るらしい。そして、ポットから、これまたスパイスの効いた甘いミルクティをすすめてくれた。これはチャイというものだと教えてくれた。名前は聞いたことはあるが、飲むのは初めてだった。

「甘くてうまい」

ギフは熱かったが、一気に飲み干した。空(から)になってもカップは、まだぬくかった。しまった。早く飲みすぎたかもしれない。何となく沈黙が続きそうな雰囲気だったので、ここは何か言った方がいいかなと思い、

「何で、山登りを始めたんですか？」

と無難な話題をふってみた。

師匠は、ちょっと微笑んで、

「結婚しようと思っていた人が山で死んだんです」

と澄んだ空気によく通る声で答えた。

ギフは、うきうきとしていた自分が場違いであったことを悟り、かといって急に態度を変えるのも、どうだろうと心に問い、でも、そこはやっぱり場数を踏んだ大人らしく聞こえるよう、

「そうですかぁ」

と、なんとか返した。

「あ、リアクション困りますよね、こんな話」

「いや、わかります。あ、いや、わかりますっていうのは、つまり、その、私も息子

を亡くしてまして、つまり、そのテツコの旦那ですが」

ギフのしどろもどろの言い訳に、今度は師匠の方が驚いたような顔になって、黙ってしまった。

「そーですか。山で遭難されたんですか」

とギフが言うと、もうその話はおしまい、というように師匠はポットを片付け始め、

「行きましょうか?」

と明るく言った。

師匠は、先程とは違って黙々と前を歩いていた。そして、時々思い出したようにギフの方を振り返り、「大丈夫ですか?」とたずねて、異常のないことを確認した。ギフの方は、あんな質問をして、師匠に辛いことを思い出させてしまったのは大失敗だったと、悔やみつつ歩いた。

それでも、師匠の言った通りだった。そんなくよくよ考えていることも、自分の呼吸の音だけを頼りに一歩一歩進んでいくと、何もかも、どうでもいいような気持ちになってくる。

「ほら、あそこが頂上です」

さすがにゴールが近づくと、ベテランでも嬉しいのか、駅で会った時の無邪気な師

匠に戻っていた。

　頂上は、ただのひらべったい、広場のような場所だった。ギフは、頂上はとんがった場所だと想像していたので、何だか気が抜けたが、さすがに見晴らしはすばらしかった。師匠は「では、やりますか」と、いそいそとリュックから缶ビールを二本取り出して、一本をギフに渡した。

「ちょっと、ぬるいかもしれませんが」

　ちゃんと保冷剤でくるまれていたので、ひんやりしている。

「ギフさん、ここ、ここに座ってやるのが、一番ですよ」

　ピーナツの袋を破りながら、ギフを一等席に座らせた。

「師匠のリュックは、ドラえもんのポケットみたいですね」

「すみません。これやらないと、登った気にならなくて」

　小さく乾杯し、一口飲んで「あ〜ッ」と二人で声を上げた。さすがにうまかった。チャイもいいけど、やっぱりビールは心が軽やかになる。山登り、いいかもしれない、とギフは思い、そう言おうとしたら、師匠が、「すみません」と、思い詰めた顔で頭を下げた。

「実は、婚約者が死んだ話、ウソでした」

ギフは、ピーナツをくわえたまま、自分でも間抜けだなぁと思う顔で、「なんでぇ」と場違いな声を上げた。

「婚約者に、最後の最後にふられました。そやつは、子供ができたと言って別の女と結婚してしまいました」

師匠は、飲み終わったアルミ缶を慣れた様子で、かかとで折り畳むようにつぶした。ギフは、何と答えてよいのかわからず、やっぱり場違いな声で「そうですかぁ」と言うしかなかった。

「てつの旦那、死んだんですか」

師匠は、ビールのなくなった手のひらを、どうしていいのかわからないようだった。意味なく動かしながら、

「てつ、大変だったんですね」

と言った。

「テツコさん、言ってなかったんだ」

「そこまで、突っ込んだ話、したことなかったから」

師匠の両方の手はグーになって、正座するドラえもんのように、膝にちゃんと置かれていた。

「私、なんてウソをついてしまったんだろ。私、サイテーだわ」

「いや、最低って」

「死んだなんて、そんなウソ」

ギフは何と言っていいのかわからないので、ビールを飲み続けた。今度はすぐにな
くならないようチビチビ飲んだが、それでもなくなってしまった。

師匠は、「それ下さい」とギフの飲み終わった缶を受け取り、グシャッと踏みつけ
た。「もう一本、飲みます?」

「まだあるんですか?」

ギフが驚いて、師匠のリュックをのぞくと、缶ビールが飲み口を上に、タオルと保
冷剤に巻かれてビニール袋に詰められ、二本並んでいた。

「軽くしちゃいましょう」

師匠は、缶ビールを引っ張り出し、ギフに一本渡した。ギフは受け取りながら、

「目の前から消えちゃったんでしょ?　だったら死んだのと同じですよ」

「そーゆーもんですか?」

「そういうもんです」と缶ビールの口を開けた。

ギフは自分が死ぬまでに、もう二度と会えないだろう人の名前を思い出しながら、

「じゃあ、死んだってことで」

と師匠が言い、ギフは「え？」と驚いた。

「ああ、いや、その私をふった男の話です」

「ああ、それね。そうしましょう。この山から落っこちたってことで」

「ここは、無理じゃないですか？」

たしかに、ひらべったくて、おまけに柵もあって、間違えて死にそうな場所は見当たらなかった。

「じゃあ、こうしましょう」

ギフはミステリードラマの探偵のように指を一本立てて重々しく言う。

「天候が変わったんです」

「ああ、霧が出て、迷ったんだ？」

「そう。しかたなく山で夜を越すんだけど、悲しいかな、その日は寒冷前線が近づいていたんだな。彼は十分な装備を持たずに山に入ってしまい、羽織るものさえない」

「それは大変だわ」

「若いと言っても……若いんですか？」

「三十六になってるハズです」

「三十代男子でも、そこは人間、自然の前では為す術もない。彼の体から体温が奪われ、お亡くなりになってしまわれたわけです」

「なるほど」

「天気予報をちゃんと確認しなかったのが悪かった」

「私と天気予報をないがしろにしたバチですか？」

「そーゆーことです」

とギフは、ビールをうまそうに飲んだ。

　師匠は、二本目もとっくに飲み終わっていて、

「そうか、死んじゃいましたか。じゃあ、しょーがないよなぁ」

と、空き缶を気持ちいいぐらいに、スパンッときれいに踏みつぶした。

　下りはビールを飲みすぎたせいか、肩や首がやたら重く、ギフの心持ちは悪かった。しだいに足も重くなり、師匠は自分のせいだと、何度も「すみません」と謝った。

「私が、バカみたいにビールを飲ませたからです」

「いやいや、バカみたいに飲んだのは私ですから」

とは言うものの、ギフの体はやがて思うように動かなくなり、気持ちばかりが焦った。酒に弱いわけではない。こんなことは初めてだった。しかし、動悸は激しくなるし、

少し歩いては休む、ということを繰り返すばかりで、よくなる様子はない。

とうとう、帰り道はわかるので師匠は先に山を下りて下さい、とギフが言うと、

「そんなこと、できるわけないじゃないですかッ」

と大日如来の顔で怒った。

申し訳ない気持ちが、さらにプレッシャーとなって、ギフの体調はますます悪くなってゆくようだった。まだ、ほとんど下りてないというのに、時間ばかりが過ぎてゆく。このままでは、山の中で日が暮れてしまうかもしれない。

「今日は日没は、四時四十四分です」

と苦しい声で言う。さすがに気象予報士である。ちゃんと確認して家を出てきたらしいが、そんなことを知っていても、肝心の体は依然として動かない。ただただ惨めだった。

「調子に乗ってあんな話したから、バチが当たったのかな。ほら、婚約者が山で死ぬなんて話」

座り込んだギフは、余裕があることを見せるつもりで冗談ぽく言ったが、師匠はそれを聞くと背負っていたリュックを下ろした。そして、ギフの前に背中を向けてしゃがんだ。

「背中に乗って下さい。私が背負って下ります」

「えぇッ！　いやいや、それは無理。絶対、無理だって」

「大丈夫です」

「いや、でも荷物もあるし」

「置いていきます。来週、取りにきます」

「いや、無理だって」

「私たち、バチ当たるわけ、いかないです」

　しゃがんだ師匠は、まっすぐ前を見つめていた。

「だって、そうでしょう？　どう考えても、バチ当たるの、向こうなんです。山に置いてゆくのは、私を捨てたあの人で、私たちはちゃんと無事に戻らなきゃダメなんです」

　師匠は背中を向けたまま言った。正義の固まりのような、頑(かたく)なさだった。その首筋は、思いのほか細く白い。その皮膚の下に血管があって、そこをすごい勢いで血液が流れているんだなぁと、ギフは思った。師匠の丸く屈(かが)んだ体全部から、何が何でもやり切ってやる、という力がみなぎっている。

「本気なんだ」

と思った。思ったとたん、ギフの体から何かがすこんッと抜け落ちた。

立てないほど気持ちが悪かったのが、ウソのようにスッキリとした気分になり、試しに下ろしたままだったリュックを背負ってみると、何ともない。

「なんか、大丈夫みたいです」

師匠は、「無理しちゃダメです」と繰り返したが、歩き出したギフの足取りを見て、ようやく本当に大丈夫なんだと納得した。

「じゃあ、ゆっくり行きましょう」

先程の体の重さがウソのようだった。ギフは、自分の中で何が起きたのか、まるでわからなかったが、前を歩く師匠の白い首筋を見て、あッと息をのんだ。

あの時の夕子(ゆうこ)の首だ。

2Kのアパートに住んでいた頃、夏だった。夕子は壺の柄のワンピースを着ていた。壺が上になったり下になったりしながら、幾何学模様になっていた。一樹はどうしていたのだろう。まだ三才ぐらいだった。隣の部屋で眠っていたのだろう。夜の七時だというのに外は気持ちが悪いほど明るかった。台所には生ゴミを包んだ濡れた新聞紙の固まりが流しに置いてあって、コンロの横にはドンブリ鉢に盛られた冷や飯と、買ってきたままの豆腐があった。まな板の上にはさっきまで刻まれていたのだろう、ミョウガが半分だけ形を残していた。

帰ってくるなり、夕子に、わけのわからないまま、さっきまでミョウガを刻んでいた包丁を握らされたのだ。食卓の上には、預金通帳。夕子に黙って、何回か引き出し、もうそこにはほとんど残っていない。夕子は、すでにそのことを知っている。何もかも知っている首筋を、包丁を握ったまま見つめていた。


「死んだ妻のことを思い出しました」

「奥さんを？」

唐突だったと、ギフは少し反省した。

「あ、いや、師匠の首筋を見てたら、つい」

「首筋で、ですか？」

師匠は、恥ずかしそうに自分の首筋を押さえた。

「私、パチンコにはまったことがありましてね」

「ギフさんがですか？」

テレビで天気予報をしているギフも、実物のギフも、ギャンブルからは一番遠いキャラだったので、師匠は、へぇと意外そうな顔で振り返った。

「こんな感じで、人ってつまずいてゆくんだぁって感じでしたよ。わかってても、依存っていうんですか？　なかなかやめられなくて。そしたら、妻が台所から包丁を持ってきて、私に渡すんです。自分は後ろを向いて、賭け事をやめられないんなら、私の首を刺せって言うんですよ。無茶苦茶でしょ？」

師匠は、「それは」とつぶやいて、絶句した。

「本気だって思いました。さっきの師匠の背中と一緒です。あんなもん見せられたら、体から何かがすこんッと落ちますよ。それから一切、ギャンブルはやってません」

あの後、夕子にどんなふうに謝ったのか覚えていない。夕子が何と言って許してくれたのか、全く記憶になかった。ただ、あの凍りついたような瞬間だけは、よく覚えている。実際には三十秒ぐらいだったと思うが、途方もなく長い時間だった。

「すごいんですね、奥さん」

「師匠だってすごいじゃないですか。さっき、本気でボクを背負って山を下りようとしてたじゃないですか」

「そりゃ、こんなところで夜を越すと、死ぬかもしれないと思ったからで」

「妻もこのままじゃ、死ぬかもしれないって思ったのかな。子供も自分も」

師匠は、しばらく考えていたが、

「あっ、そうか」

と小さく叫んだ。

「なるほど、わかりました」

師匠は、しきりに一人で納得している。

「何がわかったんですか？」

「私が山登りする理由です」

「ほう、わかりましたか？」

「私は、誰かと生死を共にしたかったんだ」

ギフは、さっきから死んだ妻の顔を思い出そうとしていたが、なぜか思い出せなかった。私を刺せと迫った、あの日の首筋なら、襟のカーブの形まで思い出せるというのに。

「会社の同僚、先輩、学校の友達、親、弟、みんな大切だけど、生き死にを共にする人たちじゃないですから」

師匠は「でしょ？」とギフを見て、続けた。

「私、そうゆう関係、フツーの暮らしでつかみそこねちゃったんですよ」

そう言って少し照れたように笑い、

「だから、山登りなんです」

と、また歩き出した。ギフもまた歩き出しながら言った。

「そうですか。山登りは生き死にですか」

ちょっとした趣味のつもりだった。でも、さっき体に異常をきたした時の不安は、今まで感じたことのない焦りだった。仕事の失敗とか、恥をかいたとか、そういうもんじゃなかった。自分が死ぬのはしかたない。が、この人を、師匠を巻き添えにしてしまった、という取り返しのつかない、あの感じ。妻に包丁を握らされて、自分は一人で生きているんじゃなかったと思い知らされた、若かった自分。夕子の包丁はもう出てこないのだ。自分で、自分の首に、自分で買った包丁を、つきたてるしかない。どの時点でそうするべきだったのだろう？　ＡＴＭでお金を引き出した時か？　メールをもらった時？　小学生のようにリュックに荷物を詰めていて、テッコさんに笑われた時か？　もし、無事に帰ることができなかったら、テッコさんはどれほど後悔するだろう。自分が山ガールの話さえしなければ、と何度も何度も、布団の中で悔やんでは泣くだろう。無事に帰らなくてはならない。どんなことをしても。

そう思った時、師匠が言った。

「てつに、あわせる顔がない」

師匠もまた、歩きながら、いろんなことをぐるぐる考えていたのだろう。

「ギフさんまでがいなくなったら、てつがかわいそうすぎる」

師匠は、きっと山を歩きながら、先に旦那に死なれてしまったテツコのことを考えていたのだ。

「だから、ちゃんと無事に帰りましょう」

師匠は、自分に言い聞かせるように、そう言った。

最初に休んだ休憩所まで戻ると、ようやく街が見えた。見慣れた銀行やコンビニの看板や、今朝待ち合わせをした駅が見える。塾帰りなのか、今から行くのか、鞄をたすきにかけた小学生が坂道を駆け上っている。

「あーあ、また明日から仕事かぁ」

もう大丈夫という安心からか、師匠は明日からのつまらなさに思いをめぐらせ、ため息をついた。

「生き死にが、また始まるんじゃないですか」

師匠は、ギフの顔を見た。

「あそこにも、あるんじゃないですか？」

ギフは、街を指さした。

踏切の遮断機が下がると、小さい車がどんどんたまってゆく。一直線に走り抜ける特急電車。

「同じ電車に乗り合わせて、事故に巻き込まれるかもしれない。全然知らない人と生死を共にすることもあるんじゃないですか」

この街と山の中と、どれほどの違いがあるのだろう。あのやたら暑かった安アパートの中にも、道路にせり出して果物やら野菜を並べている店にも、ビルの窓の中、やたら明るい蛍光灯の下で繰り返し計算しているオフィスにも、きっと同じように生き死にがあるはずだ。人の体の中にだって、信じられないほど太い管があって、そこに今も、ゴォーゴォー音をたてながら、ものすごい勢いで血が流れているはずなのだ。そんな当たり前のことを我々は忘れて、ノーテンキに大丈夫と思っているだけなのではないか。

遮断機が上がって、たまった車がまたのろのろ動き出す。張りめぐらされた道路の上には、何かが常に動いている。

「私、すでに誰かと生死を共にしているってことですか？」

「好きな人とより、知らない人と過ごしてる時間の方が長かったりしますからね。会社とか通勤とか」

「じゃあ、あいつとも生死を共にしてるんですか?」

「師匠をふった男ですか?」

「あんなヤツと、私、共に生きてるんですか?」

師匠は、吐き出すように言った。

「いや、見えないものは、ないってことでいいんじゃないですか?　死んだってことで、いいと思うな」

ギフがそう言うと、

「見えないところに捨てても、結局、地球上からなくなるわけじゃないですよね」

と、師匠は何か覚悟を決めたようだった。

「死んでも、やっぱりいるんですよ」

そーなのだろうか?　急に目の前からいなくなった、妻や息子やリモコンをつくってくれた友人も、やっぱり今もここにいて、オレと生死を共にしてくれているんだろうか。

「見えなくても、いるんです」

師匠は、ギフを背負うと言った時と同じように、本気の力で満ちていた。そして、

「もう会えないと思うけど、私、あの、ふった男と共に生きてゆきます」

ときっぱり言った。

「じゃあ、ボクも」

自分より先に死んだ者たちと共に生きてみよう。

師匠は、

「こうゆう時、ビールがないのは寂しいですねぇ」

と残念がった。少し残っていた、ぬるいチャイで二人は、

「では、共にってことで」

と乾杯した。

「ぷはッ」と飲み終えた師匠の顔は、お茶なのにとても満足げで、やっぱりゆるぎない、とギフは思った。

テツコが、山から帰ってきたギフのリュックをひっくり返すと、小さな実が出てきた。

「カルダモン」

とギフは得意そうに言った。

「ちゃんと頂上まで行ったんですか？」

「もちろん」

ビールの飲みすぎで、あやうく遭難しかけたことは黙っておきましょう、と師匠と約束した。

「今度、テッコさんも行く？」

「まっぴらごめん」

ギフは、「いいのになぁ」とつぶやきながら風呂場へ消える。タオルがなかったと、テッコが持って行ってやると、ギフはもう湯船につかっているらしく、気持ちよさそうに唸（うな）っている。

「テッコさん」

「なんでございますか？」

「オレたちってさ、生死を共にしてんだよなぁ」

ギフの声は風呂場のエコーで、ロマンチックボイスの歌手のようだった。

「オレたちって、誰？」

ギフは、少し間（ま）をおいて、

「同じ星に生まれたオレたちだよ」

と言った。

「話、でかすぎて見えないです」

テツコは、興味がないといった様子で脱衣所から出ていってしまった。

ギフは湯船の中で、今のちょっといいセリフだったんじゃないの、と思った。何でこれが師匠の前で出なかったんだろう。オレ、飲みすぎてバテてる時、情けない顔してたんだろうな。ATMでお金をしまってる時ですら、あんなにヒンソだったもんな。山の中じゃヒンソ通り越して、瀕死だったしな。そのことの、ひとつひとつを思い出しただけで、恥ずかしくていたたまれない気持ちになり、思わず「あうッ」と叫んだ。

テツコは、ギフに銀杏を割ってやろうと、台所の引き出しにしまったはずの銀杏割り器を探した。探しながら、「生死を共にねぇ」と思った。一樹のことがあったから、人が死ぬ時どんな段取りなのかは、大体は想像がつく。でも、ギフは、この家で最期を迎えさせてあげたい。そんな話、したことないけど。ギフが死んじゃったらこの銀杏割り器を見て、寂しく思うのかしらなどと考えた。そう思うと、何だか、この素っ気ないペンチみたいなのが、遺品のように思えてくる。

その遺品で、銀杏をひとつひとつ割ってゆくと、その固い殻の下から、柔らかい実が顔をのぞかせる。

「大きな銀杏の木になったかもしれないのにねぇ。すみませんね」

と命を一粒一粒割り続ける。

「でも、うまいからしょうがないんだよね」と容赦なく割っていると、「あうぅ～ッ！」と風呂場から、ギフのいたたまれない叫び声が聞こえてきた。まるで、割られる銀杏が叫んでいるようだった。

「容赦せぬ」

と割ると、絶妙の間でまたギフの、

「う～～ッ」

という唸り声が聞こえる。

「ん？　もしかして生死を共にするって、こんな感じ？」

と思ったが、そんなことを言うと、

「違う違う。テツコさんは全然わかってません」とギフに激しく否定されそうで、というか、そもそもこのおかしな状況をうまく説明できそうもないので、ギフには言うまいと決めて、銀杏を割ると、実にタイミングよく、今度は短く「うッ」と唸った。

テツコは、一人でバカみたいに笑った。

虎尾

　テツコもギフも免許を持っていなかったので、一樹が使っていた車は、当然、廃車にするつもりだった。すでに、かなりの距離を走っており、下取りに出してもたぶん値段はつかないだろうと言われたからだ。だから、従兄弟の虎尾が欲しいと言い出した時は、テツコもギフも、いやいや、もらっても大変なだけだから、と車検やら保険やらでどれほどお金がかかるか説明をして、諦めさせようとした。が、虎尾はどうしても欲しいと言い張った。本人がそこまで言うなら、と電話を切ったその一時間後に、虎尾は本当に車を取りにやってきた。どこをへこませても、どうってことのないポンコツ車を、ペーパードライバーの虎尾は大真面目な顔で、慎重に慎重に駐車スペースから出すと、

「じゃあ、家に連れて帰るね」

とまるで犬の子をもらうように、持って帰ってしまった。

車ぐらい大きなものが突然なくなってしまうと、けっこう寂しいもので、

「非常識なことを言っていい？」

とギフは前置きして、

「一樹が死んだ時より、寂しいものだね」

と言った。テツコも、じつはそう思った。

この際、駐車場のコンクリートをはがして花でも植えようと話したりしたが、結局、今にいたるまで何にも使われず放置されたままだ。


一樹が亡くなったと聞いた時、あの車はどうなるのだろうと、虎尾は気をもんだ。たぶん自分だけが知っている、車にまつわるさまざまな一樹の武勇伝も、またクズ鉄にされて錆びて朽ちてしまうのだろうか。それは耐えがたいことだった。さまざまな一樹の武勇伝とは、つまり、いかに女の子をモノにしたかという話で、それは夜の海だったり、白昼、峠に停めた車中での修羅場だったり、はからずも九州まで行ってしまった話だったり、と第三者の虎尾が思い出しただけでも山ほどあった。どれもテツ

コやギフの知らない、一樹の恋の話である。そんな話が今となって、二人に知られるのは一樹も不本意だろうと虎尾は思った。なので、車は自分が始末するのが一番よいような気がしたのだった。別に車は何も語らないのだが、その方が、一樹も安心すると思ったのだ。しかし、いざ持って帰ってくると、廃車にするのはしのびなく、たとえお金がかかっても手元に置きたいと思い、母に文句を言われつつ、今も実家の玄関口にどんッと置かれ、家族は、その脇を横になりながら出入りしている。

一樹は、虎尾より三つ上の従兄弟で、中学の時からそれはよくもてた。「コツは何?」と聞くと、「知らねーよ」と笑っていたが、たぶんそんな無邪気な笑顔が理由だったんだろうと、今なら思う。虎尾が知る限り、テツコと結婚する前に七、八人の女の子と付き合っていた。でも、二股みたいなことはイヤだったらしく、律儀にきっちり別れて次、という感じで、でもその次は異常に早く、当時高校生だった虎尾にとって、一樹は夢のまた夢といった存在であった。

虎尾は、女子と話すのが苦手で、というか小学生の頃の女子たちの仕打ちを思い出すと、どんなに愛らしく長い髪を束ね、ひらひらのスカートをひるがえし、耳からキラキラしたものを揺らそうが、その正体は、あのえげつないもののままであるはずだと思っていた。小学四年生ぐらいになると、女子の体はずんずんでかくなり、口調は大人びて、常に群れ、チビの男子をホウキの柄(え)で教室の隅に追い詰め、何だかわけのわからない言いがかりをつけ、こちらが謝るまで、わーわー騒ぎ立てた。クラスのチビの男子ばかりで団結し、断固女子と戦うと誓ったが、女子は、こちらが追い詰めると大声で泣き出し、このことでまた背の高い女子たちは男子を囲んで、泣かしたことを延々と糾弾するのだった。

そんなひどい目にあいながら、高校生になった同級生が、「もてたい、やりたい」とあさましく、物欲しげに女子を見るのが、虎尾は最初、全く理解できなかった。しかし、仲間と話を合わせているうちに、女の正体はわかっているはずだった虎尾も、もしかしてもっと奥の方には想像を絶するような、きらびやかな秘密があるのではないか、と思うようになった。

クラスの仲間の誰かが、

「やっぱ、車があると、簡単に女子をゲットできるらしいぞ」

と言い出し、みんなは「車かぁ」と一斉にため息をついた。いとも簡単にナニしてるヤツがいる、それも車があるというだけで、という不公平さに怒りがこみ上げてくるが、それがバレるのは最も恥ずかしいことなので、「うん、そーかもね」と経験者をよそおうしかなかった。

「でも、車の中だったらホテル代浮くし、いいよな」

などと言うヤツもいて、「せこいなぁ、お前は」と笑ったが、カーセックスかぁ、カーセックスなぁ、と一人興奮して、あまりに刺激が強すぎて、そんなことはこの世にあってはならないと思ったりした。

だから、一樹から、いとも簡単に、

「車ン中？　うん、あるけど」

と言われた時は、虎尾はやっぱりというか、そんなヤツがいるんだよなぁ、しかもこんな近くに、とがっくりと肩を落とした。そして、一樹の白い車を見せてもらった時など、ここでやったのかぁ、と気がつくと窓越しにシートを食い入るように見つめていて、それがバレないように「やっぱ、車はいいな」と必要以上に車体をなでまわした。しかし、頭の中は、AVのようなことしか浮かばないのが悲しく、絶対リアルは違うんだろうなぁと思ったりした。そして、いざ本当にそんなチャンスが訪れた時、女子はホウキの柄で自分の一番弱い部分を攻撃してくるような気がして、そもそも女子の前で無防備に裸になるということさえ、とうてい無理のような気がしてくるのだった。

ひい祖父さんの法事があって、久しぶりに親戚が集まった。いつの間にか一樹が自分たち一家を車で送ってゆくという段取りになっていて、虎尾はあわてた。自分と自分の両親が、カーセックスの車の中に閉じ込められている図を想像しただけで、いたたまれず、虎尾は自分は電車で帰ると言い張り、本当に帰ってしまい、みんなを呆れさせた。その後、一樹がその理由を知りたがったので、しぶしぶ、カーセックスの妄想が暴走してしまいました、と言うと爆笑され、

「ごめん、あれウソだから。いくらなんでもカーテンもついてないところで、さすがにできないよ」

と言われた。

それでも、一樹の白い車は虎尾にとって、セックスそのものだった。それは卵のように白い殻に覆われていて、誰もがよく知っている形をしているのに、中はわからないことでいっぱいだったからだ。知りたいのは、割ってしまった後の中身ではなく、殻に包まれたままの中身だった。白身と黄身は、どんな形で絡み合い、その殻の中にうまくおさまっているのか、全くもって謎であった。

その話を一樹にしたことがある。喫茶店で何かの拍子に、そんな話になったのだった。たぶん、スキーに連れて行ってもらった帰りに、一樹の家の近所の喫茶店でモーニングを食べ、その時についていたゆで卵の殻をむきながらだったと思う。

一樹は、

「卵かぁ、なるほどなぁ」

とトーストをかじり、

「オレは、もう割って中を見ちゃったからなぁ」

と言った。

「中って、どんなだった？」

つまり、セックスはどんなだったと聞くと、一樹は、そりゃいいもんだけど、女のつまらなさを知ってしまうことでもある、と格言のようなことを言った。虎尾が知りたいのは、そんなことではなかった。もっと具体的な話なのだ。

「そりゃ、自分で割ってみるしかないんじゃないの？」

と一樹が言うと、

「割った後、どーなるの？」

と虎尾は一番心配していることを聞いた。強烈な快感は最初の一発だけなんだろうと、なんとなく思っていたからだ。

「割った後？　そりゃ、殻を貼りなおして、また割るんだよ。その繰り返しさ。何かの虫みたいに一回やって死ぬのが本当なのかもしれないけど」

本当に、ただの一回の性交で死んでしまえるのなら、それはものすごい快感で、それこそ命というものが、自分の手で触れるほどに実感できるだろう。セックスは、義務でも遊びでもなく、自分が生きた、という感触だけを残してくれる唯一のものなのかもしれない、と一樹は、虎尾に説明した。

「でもオレたち、人間だから。その後も、何回も何回も同じことを繰り返すわけさ」

虎尾には、そんな話、どーでもよく、

「やっぱり、最初が一番いいわけ？」

と、一樹の熱弁に関係のないことを聞く。

「いや、それが毎回いいんだよ。でも最初よりいいっていうわけでもなく、悪いってわけでもないんだよなぁ。同じ感じが、毎回、ずっと続くって感じ？」

そう言って、「あと何回やるんだろう」と一樹はぼんやりと窓を見てつぶやいた。

魔法使いみたいな顔のマスターが、なまぬるい水を氷の入ったのにかえてくれて、一樹はそれをうまそうに飲んだ。虎尾は、もっと知りたかったが、何を聞いてよいかわからず、自分も黙って水を飲み干した。

それから、しばらくして一樹はテツコと結婚した。テツコは、一樹の元カノたちと比べると、背が低く、虎尾のような背の高い男の子を見る時、ちょっとにらむような目になる。虎尾は、小学生の時はチビだったが、中高でぐんぐん伸びたのだった。このままではヤバイと密かに自分で考案した背伸び体操なるものをやり、牛乳をバカ飲みし続けたせいかもしれない。しかし、背が高すぎるというのも、これまたもてない要素のひとつであるらしい、ということは伸びきってしまった後に知った。なので、依然、女子からの告白なんてことは、夢のまた夢であった。

もてる一樹がなぜ、テツコのような女性と結婚したか、虎尾には全くもって謎である。もっと選べるはずなのにと言うと、

「こーゆーのは選ぶもんじゃないんだ」

と言う。自分のようにもてない者ならともかく、一樹ならば、やっぱり選べるんじゃないかと思い、そう言った。

「お前、カタログから選ぶみたいに思ってるだろ?」

「え?　違うの?」

「そんな、お前、風俗じゃないんだから」

「え?　風俗ってカタログから選べるの?」

何だか知らないが、すげぇと思った。自分のような者も選べる立場に立てるのか。金の力ハンパねぇ、と思った。

「だから、選ぶんじゃなくて、もう、それしかないんだって」

いやいや、だって、あれだけの美女をとっかえひっかえしてたじゃないの。やっぱり謎である。自分のような者が、それしかないと言うならわかる。でも選び放題の人間が何を言う、である。

「卵が一番うまくおさまるのは、桐の箱でもなきゃ、チタンのスーツケースでもない。プラスチックの卵ケースなんだよ」

一樹は、わかったような、わからないようなたとえをした。

「テツコさん、卵のケースなの？」

「まぁな、オレの人生、まだまだ続くわけだし、なるたけ、気持ちよく生きてゆきたいし。お前にはわかんないかもしれないけれど、欲しいとか、似合うとか、人生には、それ以上のものがあるんだって」

虎尾にそう言って一樹は結婚をし、別人のようになってしまった。とんがって、少し悪ぶっていたのが、丸く温厚な人となってしまい、虎尾には少しつまらなかった。でも、元々、一樹はそんな性格で、実はモテモテの時の方が無理をしていたのかもしれない、と思うようになった。

というのは、虎尾にもついにモテ期というものが到来したようで、大学のサークルで、やたら女子からのお誘いが増えたからだ。最初はおどおどしていたが、一度、一樹から借りた車で、女の子と生まれて初めてのドライブをした。二人きりではなかったが、ちょっと気に入ってる女の子と、その友人を乗せて海岸線を走った。女の子たちが歓声を上げるたびに、自分自身がさまざまな能力を装備したマシーンになったような気持ちになり、そうなると昔の女子にホウキでつつかれた恐怖などは吹っ飛んでしまって、もう何も怖いものはなかった。この車にまつわる話は死ぬほど聞いてきた。この白い車に似合う自分を演じれば、それで大丈夫なのだ。

しかし、童貞喪失のチャンスはどういうわけか訪れず、というか、そればかりを考えている身分ではなくなってしまった。サークルの幹事をやり、バイト先では主任をやらされシフトを組み、ゼミでは先生に見込まれ、通りいっぺんのレポートを出すわけにはゆかなくなり勉強にも精を出さねばならない。四年になるとさらに、就活あり、卒論あり、卒業旅行の幹事あり、とけっこう忙しく、高校の時のように誰かのエロ話で盛り上がるような平和な時間はもうなくなっていた。たまに車を借りることはあったが、その時も一樹と顔を合わせることはなく、入院したと聞いて見舞いに行った時も、就職の話や安くてうまい店の情報交換ばかりだった。

虎尾が女の子とセックスしたのは、自分でも意図していないタイミングだった。自分では車で遠出して、いかにも女の子の好きそうな海の見えるお菓子みたいなホテルでなければ、させてもらえないと思い込んでいたが、実際は、電車が走るたびに部屋が振動する、陽の当たらない、狭く汚い、自分の部屋であった。人並みに就職できたのだが、勤め先まで実家からけっこう時間がかかるので、これをきっかけに虎尾は家を出ていた。洋服入れからゴミ箱まで何もかも黒色で、部屋に入った彼女に、

「無難なのが好きなんだ」

と言われたが、それはイヤミではなかったらしい。

「靴下脱いでいい？」

と聞き、本当に脱いでしまったので、虎尾の方があたふたしてしまった。

彼女は、くつろいでいて、それはどこにいてもそうで、たとえ一泊五十万円のスイートルームでも、やっぱり今みたいに靴下を脱いでテレビを見ながらケラケラ笑っているだろうと虎尾は想像した。

何でそんなことができたのだろうと、後になって思ったのだが、虎尾が彼女を引き寄せると、かすかにアロエの匂いがした。そのまま二人で床に転がると、窓の外が見えたので頭を上げ、あっオレまだカーテン買ってなかった、と気づき、一樹のことを思い出した。カーセックスの話をした時、「いくらなんでもカーテンもついてないと

ころで、さすがにできないよ」と言っていたが、自分はそんなところで今まさにやろうとしているわけで、「カーテン」とつぶやくと、彼女は窓を見上げて「壁だから大丈夫」と言った。たしかに、窓の向こうは、茶色のビルの壁があるだけだった。やってみてわかったのは、セックスは集中することだった。たった二人の作業を、なんとか一生懸命遂行しようとしている相手がかわいらしく思えた。なんとかそれらしいことを終えて、それでも抱き合って床に転がっていると、電話が鳴って息が止まりそうになった。留守電に切り替わって母親の声が聞こえてきた時は、飛び上がりそうになった。家を出るなり、好き勝手やっているバチか？と体を硬直させたまま聞いていると、母は早口で、

「一樹さん、たった今、亡くなりました」

と他人行儀に言い、通夜と葬式のことを事務的に伝えた後、

「カズちゃん、まだ二十五才よ」

と突然ドラマのセリフのように涙声になって電話は切れた。

しばらく二人で電話機を見つめていたが、「家に帰った方がいいんじゃないの？」と彼女が口を開き、

「うん、でもいいとこだから」

と虎尾は言った。従兄弟だから何なのか、言った自分もよくわからなかった。

　彼女はぼんやりしている虎尾に、

「とりあえず、何か食べよう」と立ち上がり、台所で即席ラーメンの袋を見つけ、

「食べる?」と聞いた。虎尾の返事を待たず、小さい片手鍋にお湯をわかし始めている。虎尾ものろのろと台所に行って、冷蔵庫を開け、プラスチックのケースに入ったままの卵を取り出して、それを握りしめたまま突っ立っていると、彼女がその卵を取り上げた。麺を入れた鍋に、春色に染めた爪の指を器用に動かして、卵をきれいに落とし入れた。卵の白身はひらひらのレースのように固まった、と思うとすぐに今度は白い雲の固まりになり、黄身はたちまち見えなくなった。

　虎尾が、さっきまでいた部屋を振り返ると自分の脱いだ服が、脱いだ形のまま残っていて、自分が下着だけだと気づいた。彼女は、いつの間にか、ちゃんと着るべきものを着ていて、

「何か着ないと、それじゃ寒いよ」

と、ラーメンを移すドンブリを探していたが「あるわけないよなぁ」とつぶやき、今度は胡椒(こしょう)を探したが、それもなく、しかたなく片手鍋のまま運んできた。

　虎尾の前に、鍋の下に雑誌を敷いて、「あ、箸だ」と今度は箸をあちこち探し、「水

もいるよな」とペットボトルの水と一緒に持ってきた。

「オオちゃんのは？」

オオちゃんとは彼女の呼び名である。大崎朋子の大でオオちゃんと、大学のサークルで呼ばれていた。

「私はいいや。ほら、さめちゃうよ」

虎尾は、鍋からラーメンをすすった。それをオオちゃんは、じっと見ていた。虎尾が卵をつつくと黄身がトロリと出てきて、しばらくスープの上に浮いていたのが、沈んでゆく。虎尾は気がつくと泣いていた。黙って見ていたオオちゃんは、虎尾の頭を抱いた。虎尾は泣きながら、やっぱりアロエの匂いだ、と思った。そして、一樹にアロエの匂いだったよ、と言いたかったのに、とまた泣いた。


テツコの喪服は着物ではなかった。実家の母親が、わざわざ着物一式と草履、バッグまで持ってきてくれたのに、絶対にイヤだと言い張り、葬儀屋でワンピースを借りた。虎尾がテツコさんは頑固だなぁと言うと、

「あの着物、一樹が入院して、あわててつくったんだよ」

と自分の母親を一瞥し、

「ついでに自分のも新調したんだよね」

と意地悪く言った。

テツコの母は姿勢がよく、喪服の白い襟元が際立っていた。テツコは、それを見て、虎尾に「げっ」という顔をして見せた。

その葬式の後、車をもらったわけだが、彼女となったオオちゃんは基本的に歩きの人で、車を使うことはなく、実家に置いたままだった。文句を言い続ける母親への罪滅ぼしのため、実家へ帰るたびにスーパーまで乗せてゆくが、それぐらいでは車の調子が悪くなるのは当然で、メンテナンスに怖いほどお金をつぎ込んでいた。でも、やっぱり廃車にする気になれずにいた。

誰もが一樹の車のことなど忘れてしまった頃、テツコから電話があった。

「車、処分したよね」

虎尾が出るなり、前置きなしでそう聞いた。

「いや、まだうちにあるけど」

「うそぉッ、まだ持ってたの？　じゃあさ、じゃあさ、そこに雪だるまある？」

「雪だるま？」

「雪だるまの人形、ぶら下がってない？」

たしかに、赤いスキーをはいた、ふわふわの雪だるまがバックミラーにくくり付けてあったのを思い出し、

「うん、あるけど」

と言うと、テツコは電話口で何やら大声で叫んだ。

「あるって！　あるって言ってる！」

虎尾ではなく、ギフに叫んでいるらしい。ギフも何か叫び、テツコは虎尾に戻って、

「それ、もらってもいいかな？」

と、大急ぎで言った。

「いいけど」

「じゃあ、取りにゆくね」

テツコの家から、虎尾の実家まで距離はさほどないのだが、電車の乗り継ぎで、けっこう時間がかかる。

「オレが持ってゆくよ、車ごと。早い方がいい？　次の土曜なら行けるけど」

テツコは、電話の向こう側で何やらぼそぼそ話して、

「来て、来て、ギフもトラちゃんに会いたいってさ」

と言った。葬儀の時とは違った、明るくてのんきな声だった。なんだ、こんな人だっ

たのか、と少し意外な気持ちで会う約束をした。

テツコとギフは、虎尾を待っていてくれて、玄関に入るなり、居間に連れてゆき、赤味噌味噌おでんなるものを食べろと、鍋の前に座らせた。名古屋のおでんらしく、赤味噌の中に玉子やらコンニャク、大根、豆腐、すじ肉が沈んでいるのだと言う。

「ネットで買えるの。全部別々にビニールの袋に入っていて鍋で温めるだけ」

テツコは、味噌の中に埋まった大根を引き出しながら、そう説明した。そこに割って入るように、ギフも、

「ボクたちはね、最後に玉子を割って、ご飯にのっけて、そこに味噌を少しかけて食べるんだよ」

と嬉しそうに言う。

二人に見つめられ、冷房のあまりきいてない部屋で汗だくになりながら大根を口の中ではふはふさせ、「うまいです」と言うと、安心したのか、テツコとギフは、ようやく、それぞれのやり方で食べはじめた。

「あ、そうだ」忘れないうちに、とポケットから雪だるまの人形を取り出して食卓に置くと、二人の箸は止まり、「うわぁッ」とそれぞれが叫んで、その汚い人形を代わる代わる手に取った。

「懐かしぃッ！　あったよね、これ」

「いやぁ、ありがとう。本当にありがとう」

話は、そこから一樹の高校時代にまでさかのぼった。こんな小さな人形で大いに盛り上がっている二人を見ていると、虎尾は自分のやってきたことはまるっきり無駄ではなかったような気がして、自分の思っている形では全然ないのだけれど、一樹に何か返せたような気持ちになった。

虎尾が帰ると言うと、ギフとテツコは一緒に外まで出てきた。

「今度は電車で来いよ」

ギフは、虎尾と一緒に飲めなかったことが、よほどつまらなかったようで、何度もそう言った。

「そうします」

「しかし、よくもってるよなぁ」

と、ギフは、車体をなでた。

「もう、お婆さんだもんね」

とテツコが言うと、ギフは、

「え？　この車、女だったの？」

と驚いた。

「そーよ。とっても働き者の女の人」

「いやいや、若い男でしょ。形からいっても、絶対男だって」

テッコにはテッコの、ギフにはギフのイメージが、ちゃんとあるのがおかしかった。虎尾にも、言うに言えない愛着があるように。

「今度は串カツとビールだな」

別れ際、ギフはそう言って、テッコと二人、一樹の車をいつまでも見送った。


オオちゃんは、小さな出版社に就職が決まり、そこでもオオちゃんと呼ばれているようだった。彼女は、脅したり、すねたりするようなことをしない女の子で、買い物も気持ちいいぐらい早い。かといって無駄なものを衝動買いすることなく、のんきそうな顔に似合わず合理的なところがあった。

お互い、結婚するならこの人と思い、住居やら式場やらを探していた時、「とってもいい物件があるの」とオオちゃんからメールが届いた。虎尾は「わかった。一緒に見に行くから勝手に決めるなよ」と念押しのメールを送って、次の土曜、さっそく二人で出かけた。それは新築の分譲マンションで、虎尾の職場からも、オオちゃんの出版社からも交通の便がよく、眺めもよくて、風もよく通りそうな部屋だった。二人の収入を合わせれば、何とかローンが組めそうだ。二人は有頂天だったが、虎尾がどうせなら駐車場が欲しいと言い出してから、ヘンな雰囲気になっていった。駐車場付きになるとプラス四百万円です、と言われ、虎尾がオオちゃんを見ると、無表情のまま、うなずきもしなかった。乗りもしない一樹の車を大事にしていると、虎尾の母親から繰り返し聞かされていたらしい。帰り、オオちゃんは、

「駐車場は買わないよ」

と無表情な顔で言った。すねたり、脅したりしないかわりに、オオちゃんは妥協というものがなかった。買わないと言ったら、買わないのだ。やっぱり女子は怖い、と虎尾は思った。実家にいる、もう一人の女子、母からは、「私、ガーデニングするから、カズちゃんの車、いいかげんどかしてよね」と言われ続けていた。留守電に「カズちゃん、まだ二十五才よ」と涙声でふき込んでいたくせに、「あんなもんをいつまでも置いてると、カズちゃん成仏できないんですってよ」とどこから聞いてきたのか、くどくどと怪しい宗教団体の説法のような話を聞かされるのも、もういいかげん耐えられなかった。

「人気物件ですから、早くお決めになった方がよろしいですよ」と、マンションの営

業マンから礼儀正しい電話がたびたびかかってくる。が、あれからオオちゃんからは電話はもちろん、メールも来ないし、虎尾も送っていない。敵は根比べをしようということらしい。虎尾は、いよいよ女子の本性が出てきたんだと覚悟した。あいつらは、油断している隙をついてホウキの柄でついてくるのだ。家のことも、式のことも、オオちゃんのやり方に文句をつけたことなど一度もない。なのに駐車場の話をしただけで、あの態度はないと思う。せめてこちらの事情というか、心情ぐらい聞いてくれてもいいのではないか。そりゃ、今まで一樹の話は避けてきた。でもそれは、結局「でも死んじゃったんでしょ」と言われそうだし、「なのに、何をそんなにこだわっているのよ」と言い捨てられるのが怖かったのだ。

もう、結婚はないかもしれない、と思っていたら、電話が鳴った。オオちゃんではなく、ギフからだった。

「ほら、前に言っていた串カツとビール、いつ食いにくるんだ?」

夏におでんを食べさせて、冬に串カツとビールはないだろうと思ったが、

「オレがつくるソースはうまいよ」

と何度も自慢するので行くことになってしまった。

約束通り家に着くと、二人はやっぱり有無を言わせず座敷に座らせ、ひと通りのソ

ースの説明があって、目の前のてんぷら鍋で串カツをきつね色に揚げてゆく。

「何だ、思ったより食べないんだなぁ」

ギフの頭の中では、虎尾は、まだ高校生のままらしく、「若いんだから」と揚げたてのを、どんどん皿に盛ってゆく。

今日のテツコはおとなしく、かいがいしくキャベツや味噌汁を運んでいる。

虎尾がトイレに行って出てくると、テツコが立っていて、

「お願いがあるんだけど」

と言った。

叔父さんには聞かせたくない話なんだと虎尾は思い、辺りを見回した。

「一樹のお墓に連れて行ってくれるかな？」

「いいけど」

「でね」

と、チビのテツコは虎尾をにらむようにして言った。

「骨を返すの手伝って欲しいんだ」

「骨って？」

「一樹の骨」

テツコは、エプロンのポケットから小さなキャンディーの缶を出して見せた。

「この中にあるの？」

テツコは、うん、とうなずいた。

「何で、そんなもん持ってるの？」

「納骨する時、どーしても納得できなくて、ちっちゃいのひとつ、くすねた」

テツコは、缶のフタを開けて中を見せた。飴玉ほどの灰色の小さなかけらがあった。

こんなのと一樹が、どうしてもつながらず、虎尾はしばらく見ていたが、

「どーするの、これ」

と顔を上げる。

「だから、返したいんだよね、お墓に」

暗い廊下の隅で、二人は黙ったまま、一樹の骨を見ていた。

「一生持っているつもりだったけど」

テツコは、そぉっとフタを閉めて、

「ごめんね」

と言った。一樹に言ったのか、虎尾に言ったのか、わからない言い方だった。

「わかった」

　虎尾は決心した。あの車は、これでおしまいにしよう。廃車だ。決してオオちゃんの言いなりになるわけではない。最後の最後に、テツコと一樹の骨を乗せるのだ。今まで、車を手放さなかったのは、このことのためのような気さえした。

「オレ、手伝うよ」

「いいの？」

「うん、いいよ、いつにする？」

　勢いよく言うと、テツコは少し寂しそうに、

「そうか、いいのかぁ」

と言った。

　外に出ると雨だった。傘を持ってゆけとギフは言ったが、虎尾は、これぐらい大丈夫だと玄関を飛び出した。

　走りながら振り返ると、一樹の家の明かりが見えた。マトリョーシカのように、あの家の中に、さらにキャンディーの缶があるのだと思った。そして、その中にテツコの小さな秘密が七年もしまわれていたのだ。

　一樹のお墓は、車で二十分ほどのところにあった。山を切り開いて作った墓地なの

で、けっこう急な坂を上らなければならない。この車でちゃんと着くのかな、とテツコは心配していたが、車の調子はよく、空も文字通り雲ひとつない天気で、行楽気分であった。

「一人、ひろうね」

虎尾は言い、

「待ち合わせ、あのコンビニあたりなんだけど」

と目で探す。

坊主刈りの大きな男が、これまた大きな荷物を持って手を振っているのを、テツコが見つけた。

「深津(ふかつ)先輩」

と、虎尾がテツコに紹介すると、男はテツコに愛想よく頭を下げて、後部座席に乗り込んだ。虎尾も運転席に戻って、

「墓石動かすの、オレ一人でやる自信なかったからさ」

と言うと、テツコは「あぁ」と納得し、深津に「すみません」と頭を下げた。

「深津先輩は、オレの同級生の兄ちゃんで、昔、バンドやってたの」

「へぇ」

「いやいや、今はフリーターのオヤジです」とゆで卵のような頭をハンドタオルでぬぐった。

「お墓って、勝手にいじってもいいのかな」と今頃になってテツコが言うと、虎尾がバックミラー越しに言った。

「そう思って、先輩に来てもらったんだよ」

　深津は、

「オレ、元坊主」

と自分のことを指さした。

「脱サラじゃなくて、脱テラですか？」

　テツコが言うと、

「そう、脱テラ」

と元坊主は嬉しそうに繰り返した。

「バイクで事故って、正座できなくなって、辞めたんだって」

　虎尾が説明する。

「坊主は、正座が命ですから」

　そんなに簡単に、人生が根底から覆されることってあるんだ、とテツコは驚いたふ

うだった。が、深津は、

「脱テラ、いいねぇ。これから、それ使おうっと」

とのんきそうに笑っていた。

　一樹の墓は、海が見渡せる、ながめのいい場所にあった。深津は、てきとうな木陰を見つけて、器用に手早く袈裟(けさ)に着替えた。テツコが感心していると、

「どこでも着替えられるよ」

と自慢げに言う。

「坊主って、呼ばれればどこへでも行かないとダメだからさ。子供部屋とか、三畳しかない荷物の詰まった部屋とか、けっこうそーゆーところで着替えさせられるんだよ」

　袈裟をつけると深津の立ち居振る舞いは、がらりと変わり、頭がよさそうというか、有り難みが増したというか、虎尾もそう思ったのか、

「先輩に来てもらって、何か得した感じだよなぁ」

と喜んだ。

「じゃあ、本日は短めのバージョンで」

　深津はライブのＭＣのように言って、お経(きょう)を唱え始めた。虎尾とテツコは、あわて

て神妙に手を合わせる。深津の声は、静かな墓場に朗々とよく通ってゆき、二人は思わず聞きほれ、自分たちがどこにいるのか、わからなくなるほどだった。

深津が、どこからかヒモを取り出し、くるりとたすきをかけると、

「じゃ、やりますか」

といういつもの声を出し、虎尾とテツコは自分のやるべきことを思い出した。男二人で、せーのーっと墓石を動かした。少しずつずらしてゆくとコンクリートで固められた地下の貯蔵庫みたいな四角い穴があらわれた。二つの骨壺が仲よく並んでいる。

「お義母(かあ)さんだ」

とテツコが思わず叫んだ。先に亡くなった一樹の母のもので、テツコは写真でしか知らなかった。

「こっちが新しそうだから、一樹はこっちじゃない?」

虎尾は言い、深津が手を合わせて骨壺のフタを開けると、中に泥水が溜まっている。

「こんなところまで、雨水って入りこむんだなぁ」

と深津は言った。

「そりゃ、もう七年だもんなぁ」

と虎尾もしみじみのぞきこんでいる。

テッコは、キャンディーの缶から骨を取り出し、骨壺の中に置いた。深津は、真面目くさった顔で二人を見回し、

「では、よろしいですか?」

と念を押した。テッコはうなずき、骨壺は元の場所に戻され、また墓石を少しずつずらして、元の位置にまで戻した。

墓石を傷つけてはいけないと神経をすり減らしたせいか、汗がはんぱなく流れて、袈裟を着ている元坊主の頭などは、ぬるぬるだった。

「シャワー浴びてぇ」

深津が耐えきれぬように言い、

「じゃあ、帰り、浴びますか?」

と虎尾が言った。友人の家がラブホテルをやっているから、そこでシャワーを借りようと言うのだ。

「ラブホなの?」

深津のテンションは上がり、

「では、精進落としということで、参りますか」

と上品なのか下品なのか、わからない顔でぐふふと笑った。

そのラブホテルは道路沿いにある古い建物で、昔の子供たちは、お城と呼んでいた。今もそう呼ばれているのだろうか、みたいな話で車の中は盛り上がる。深津は、シャワーを浴びるのならと袈裟のままだった。

「こんなかっこうでホテルって、コーフンするなぁ」

と、はしゃぐのを無視して、

「テツコさんは、どーする？　車の中で待ってる？」

と虎尾が聞くと、テツコは、

「私も、ラブホ見たい」

と言って、一緒に降りてきた。

　部屋へ入るなり深津は風呂場へ直行し、テツコと虎尾は大きなベッドに座った。風呂が空くまでやることがなく、テツコはあちこちをのぞいたりしていたが、すぐ飽きてしまい、今度はキャンディーの缶を取り出し、そのからっぽのフタを開けたり閉めたりしていた。虎尾がケータイを取り出して着信を確認すると、やっぱりオオちゃんからの連絡はなく、こっちも連絡してないくせに、土曜日なのにと腹が立ち、いっそのこと電話帳からオオちゃんを抹殺しようかと思ったりした。今日一日だけ待ってやる。もし来なければ、絶対に消してやる。風呂場から深津の湯を使う音と、アニメソ

ングみたいな鼻唄が聞こえてくる。テツコは、虎尾がケータイをしまったのを見て、

「ラブホの中って、こんなだったんだね」

と部屋を見回した。

「外から見ると、何かすごいの想像するけど案外入っちゃうと、ベッドとか椅子とか、フツーの家にあるものと一緒だよね」

虎尾にとっては、子供の頃から遊びなれている部屋なので、そう言われてもピンとこないが、たしかにそうかもしれない。

「お墓の中もそうだよ」

と虎尾は言った。

「中、見ると案外フツーだった。もっと、おどろおどろしいの想像してた」

そーなのだ。墓もラブホもよく似ている。もったいぶったラッピングをほどこしたプレゼントを開けてみたら、とっても実用的な、例えば耳掻きみたいなのが入っていた、みたいな感じだ、と虎尾は思った。

テツコは、手に持っていたキャンディーの缶を何のためらいもなくゴミ箱に捨てた。それを見て虎尾は「えーッ！」と大声を上げたので、テツコは思わず拾い上げ、

「あ、ゴメン。燃えないゴミ、こんなとこに捨てちゃダメだよね」

とあわてた。

「じゃなくて、それ捨てちゃうの？」

虎尾が指す缶に、テツコは目をやり「うん」とうなずいた。

「えーッ！　何でぇ？　捨てる？　フツー捨てないよ、それ」

「でも、もういらないし」

テツコはそう言って黙った。そうなのだ。いらないから墓に来たのだった。

「それは、つまり、もう一樹はいらないってことなんだよね」

とテツコは言った。それは自嘲するような言い方ではなかった。

虎尾には、どんな道筋を通って、テツコがその言葉にたどりついたのか、何となくわかる気がした。何度も自問自答したのだと思う。でも答えは出ない。世の中はどんどん一樹のいないことに慣れて、それが当たり前になってゆくのに、自分だけがバカみたいにどんどん取り残されてく。それでも、この世界で自分は生きてゆかねばならない。怖いのは、後ろめたさを引き受ける、ということではない。本当に忘れてしまうことだ。本当に一樹を忘れてしまったら、どうしよう。

「じゃ、それもらっていい？」

と虎尾は聞いた。

「いいの？」というようにテッコは見た。

「それもらったら、オレ、すんなり廃車できると思うし」

「そっか、大きいの捨てて、小さいのにかえるんだ」

頭の隅で、オオちゃんのことがよぎる。

「そーゆーこと」

と虎尾が言うと、

「じゃあ」

とテッコは、キャンディーの缶を虎尾に渡した。

「テッコさん、これ、手放して一樹のこと忘れてしまわないの？」

「死ぬまで忘れない」

きっぱりとテッコは言った。そして、何でそんなこと聞くのかなぁという顔で虎尾を見た。

この人は、本当に忘れないだろう。一樹が何でテッコでないとダメだったのか、虎尾はその時、ようやくわかった気がした。

つやつやのゆで卵のような顔で、

「よッ、お二人さん、なにかあった？」

と深津が冗談口をたたきながら出てきて、入れ代わりに虎尾が風呂場に入った。体を洗っていると、部屋の方から、テツコのゲラゲラ笑う声が聞こえてくる。何だかバタンバタンするような音もしてきて、「何してんだ、あいつら」と気もそぞろで出てゆくと、深津が一人、布団と格闘していた。テツコがそれを指さし、

「この人、最低」

とハハハと大口で笑っている。

「この人、この技編み出すのに高校時代を全部費やしたんだって」

深津は、掛け布団を折り畳み、自分のたすき用のヒモで縛って、巨大な女性の性器をつくろうとしていた。

「ばかだよねぇ」

とテツコは今度は、感心したように言った。大真面目な顔をして、渾身の力でそんなものを作っている深津が、おかしかった。

「おい、そこ持ってくれ」

と深津の勢いにのまれ、思わず虎尾が布団を押さえる。深津は職人のように、要領よく端っこをヒモで縛ってゆく。

ラブホの布団は、テツコの言う通りどこにでもある布団で、柔らかく、懐かしい手

触りだった。ふいに、自分は、今までも、この先も、何回もここに戻るのだ、と思った。虎尾は、無性にオオちゃんに会いたいと思った。

魔法のカード

「岩井(いわい)さん、結婚詐欺にあったらしいよ」

食堂で偶然相席(あいせき)になった総務の女の子がテツコに教えてくれた。詐欺にあって損失した金額は確定申告したら戻ってくるのか、と聞きにきたと言う。

テツコが呆然としていると目の前に注文したカツ丼が運ばれてきたので、とりあえずそれを食べながら、「へえ」とか「うそ」とか言いつつ、ただひたすら咀嚼(そしゃく)しながら聞いていたが、昼休みが終わって、午前中の仕事の続きのファイルを開いたとたん、無性に腹が立ってきた。

あれほど自分に結婚しようと言い続けてきたくせに、結婚詐欺って、そりゃないだろうと思う。どう考えても岩井さんに、直接真相を聞かねば気持ちはおさまりそうもない。電話をすると出張中だった。シンガポールだそうだ。海外出張だなんて聞いてないじゃん、とよけいに腹が立った。いつ帰って来るかは私にはちょっと、と岩井さんの隣の席の女子に言われ、むかむかはさらに増し、引き出しの奥の奥に、いざという時のために隠し持っていた高級チョコ六粒入りの箱をつかむと給湯室へ向かい、気がつくと立ったまま一気食いしていた。それでようやく落ち着いたが、席に戻ってから、あのチョコは一粒五百円であったことを思い出し、一瞬にして三千円分も食らってしまった自分に驚愕し、しばらくすると情けない気持ちになった。岩井さんのケータイは海外でも使えるはずなのに、メールも電話も、こちらが何度送っても返事はなかった。そんなこと今までに一度だってなかったのに。

本人が不在の何日かの間に、噂はどんどん広まり、テツコが洗面所で歯を磨いていたら、全然知らない女子社員が、おそらく岩井さんのであろう結婚詐欺の話をしていた。テツコは思わず聞き耳を立て、被害総額が五百万と聞いた時は、あやうく声が出そうになった。その詐欺師は四十越えてるらしいよとどちらかが言うと、「美魔女？」と嬉しそうに片方の声が高くなり、「岩井さんって熟女好みだったんだぁ」と弾けるように笑い転げた。

こんな噂を立てられる岩井さんに腹が立ち、いたたまれず席に戻ると、机にチョコが置いてあった。マーライオンをかたどった、おそらく空港で箱買いしたチョコで、その上に「シンガポールのお土産です。岩井」というメモが貼り付けてあった。のんきな字で笑っているように見える。五百万円もだまし取られた人の文字には見えなかった。包みを破って食べてみると、自分がヤケ食いした高級チョコには遠く及ばず、チョコには罪はないのだが、怒りがふつふつと胸やけのようにたまってくるのがわかる。

　やっぱり本人から事情を聞かないと、気持ちはおさまりそうもなく、

「いろいろ、聞きたいことがある」

とメールを打つと、日本に帰って来て、もう逃げられないと観念したのか、速攻で「わかった」と待ち合わせの場所を指定してきた。それは、有名なパンケーキの店で、「何なんだよ、こいつは」とテツコは思わず毒づいた。

　テツコがその店に着くと、十五人ほど並んでいた。店員が、「ただ今、四十分ほどお待ちいただいてます」と叫んでいる。列の真ん中あたりで岩井さんは文庫本を読んでいた。テツコは、黙って列の一番後ろについて、岩井さんを観察していると、よほど面白い本なのか、ぐふふッと笑ったりしている。しばらくして、そろそろ自分の番かというふうに顔を上げ、本を閉じ、頭だけをフクロウのように動かして、ようやく

テツコを見つけ、手招きしたが、テツコは頑(がん)として動かなかった。しかたがなく岩井さんがテツコの方へやってきて、

「オレが早く来て並んだ分、損したじゃないか」

と不満そうに言うので、

「五百万、損した人がよく言うよ」

とテツコが返すと、岩井さんは、

「げっ」

と驚いて

「五百万じゃないよ」

と口ごもった声で言った。

「じゃあいくらよ」

「四百八十万?」

さすがに本人の口から聞くとショックも大きく、

「それを五百万って世間では言うの」

とテツコは思わずきつい声で言った。

「すみません」

岩井さんは、失敗した営業マンのように体を直角に曲げた。ちょっと言い方がきつかったかもしれない。

「謝らなくていいよ。私のお金じゃないし」その言い方がさらに冷たく聞こえたのか、岩井さんはしょんぼりとなって、

「でもアレ、結婚資金だったから」

とため息をついた。

「誰との？」

テツコが言うと岩井さんはびっくりして顔を上げ、「あんさんとの結婚に決まってますがな」

とヘンな大阪弁で言った。決して受けようとしたわけじゃないよ、シンガポールにいる間中、関西の人と一緒に行動してたからつい、と言い訳した。

「つまり、私との結婚資金を結婚詐欺で取られたってこと？」

岩井さんは意味がわからないという顔で、

「結婚詐欺って何？」

と大真面目に聞いた。

「会社中の噂だよ、熟女の結婚詐欺に引っかかったって」

「それ、オレの話？」

「そうだよ」

岩井さんはしばらく考えて、「何でそーなるの？」「誰が言ってるの？」「何だよ、それ」と騒ぎ出し、並んでる人の目にさらされているのが恥ずかしく、テツコは列から外れて駅に向かって歩き出した。岩井さんは、パンケーキによほど執着していたのか、自分が並んだ時間を損するのが耐えられないのか、しばらく列にとどまっていたが、「えいやッ！」とまるで海に飛び込むような覚悟を決めた顔で列から飛び出し、テツコを追いかけてきた。追いながら、

「違うからね。結婚詐欺じゃないからね」

と息もきれぎれに言うが、テツコのむかむかはおさまらず立ち止まって、

「じゃ、何でメールも電話も返事してこなかったのよ」

とにらんだ。

「それは」

岩井さんは絶句した。

テツコは言ってしまってから、自分はものすごく怒っているのだと気がついた。

「だって、怒られると思ったから」

怒っていると思われるのが悔しくて、テツコはなるべく冷静な声で言った。

「結婚詐欺じゃないなら誰にお金取られたのよ」

「それがさぁ」

と岩井さんは言いかけて、話を変えるように、

「とにかく座らない？」

と言った。どこがいいかな、そうだパンケーキのある店がいいな、とこの期におよんで、まだそんなことを言っている。

二人はそれでも、それらしき店を探し、ようやく座って、パンケーキはなかったのでホットケーキが焼けるのを待った。

「で、誰にお金、取られたの？」

と水を飲んでいる岩井さんに聞いた。

「それが、小学生なんだ」

「小学生？」

「五年生って言ってたかな」

「なんで、そんな子供にそんな大金を」

テツコは言葉が続かなかった。

「そうだよなぁ」

「四百八十万だよ」

「そーなんだよ」

会社帰り、バスに乗り遅れたんだ、と岩井さんは言った。待ち時間がもったいないので、歩いて帰っていると、橋のあたりにピンク色のものがヒラヒラしているのが見えた。何だろうと近づくと、子供が橋の欄干によじ登って、じっと下を見つめていた。もう暗くなっていたし、普通ではない様子だったので、とっさにやばいと思い、必死になって引きずり下ろした。

「それが女の子でさ」

「飛び下りようとしてたの？」

「そう」

女の子が鼻をすすりながら、きれぎれに話したことをつなぐと、どうやら友人からお金を持って来いと脅され、渡していたが自分の貯金はすぐに底をつき、しかし相手の要求はますますエスカレートしてゆき、しかたなく親のカードから少しずつ引き出しているうちに、そのお金もなくなってしまった。親にばれるのは時間の問題だ。今日ばれるのか、明日ばれるのか。自分はもう家にも学校にも居場所がない。死んだ方がましだ。

「言っとくけど、ここまで聞き出すのに一時間ぐらいかかったんだからね」

「で、お金渡したの？」

「貸したんだよ。働くようになったら返すって、そういう約束でさ」

「働くって、どれぐらい先の話なのよ」

「そーだなぁ、十年先か、二十年先か、敵討ち(かたきう)みたいなもんだなぁ」

と時代劇の中の登場人物のように言う。

「お金を脅し取られているんなら、ケーサツに言うべきでしょ」

「うん、でも言わないって約束したから」

「親にも知らせてないの？」

「約束だから」

「何言ってるの、相手は子供よ」

「子供でも、約束だから」

「また脅されるに決まってるじゃない。岩井さんが渡したお金、また丸々取られてるね。間違いない」

「四百八十万あったらリセットできるって、お金を要求されても死ぬ気で断るって約束したから」

「その時は、そう思ったかもしれないけれど、学校に戻ったら同じだよ。流されてしまうんだって」

「でも約束だし」

ホットケーキの焼ける甘い匂いの中、岩井さんは、何を言っても「約束だし」と言い続けた。テツコは、いいかげん疲れて、話を変えた。

「じゃあ、なんで貸したお金を確定申告しようとしたのよ」

痛いところを突かれたのか、岩井さんは渋い顔で、テーブルに落ちた水滴を紙ナプキンで、きれいに拭き取っている。

「それは、その子のことが気になって、やっぱり親に知らせておくべきだったかなとか思ったわけよ」

「そりゃそーだよ」

「で、教えてもらった住所を探して様子を見に行ったら、ないんだよ、そんな番地」

「えーッ！」

テツコは店内に響きわたる声で叫んだ。

「ウソの住所だったってこと？」

「オレのこと怪しんで、本当の住所教えなかったんだと思う」

「四百八十万円も取っておいて、ウソの住所って」

「うん、だから確定申告で控除してもらえるかなって。そしたら警察の書類とかいるんだって」

「そりゃそーだよ」

「警察に届けるのも、ちょっとなぁって感じだし」

「四百八十万だよ。フツーじゃないって思わなかったのかなぁ、その子」

「だから、ヤバイって思ったんじゃないの？　それで住所教えなかったんだよ、きっと」

どこか他人事のような言い方にテツコは、またむかむかしてくる。

「毎日、新聞チェックしてるけど、どうやら自殺はしてないみたいなんだよね。まぁ人の命が四百八十万なら安いもんかなって」

そう言って、岩井さんは、いい人ですという顔で、ふっと笑ってみせた。その時、テツコの怒りが頂点に達し、財布から自分の分の代金を叩きつけ、テーブルにあったものを鞄に詰め込むと立ち上がった。そして、座っている岩井さんを見下ろして、

「一緒に暮らすなんて、絶対無理だからね」

と言い捨てて店を出た。

岩井さんは、突然のことで、ワンテンポ遅れて立ち上がったが、顔は追いつかず笑ったままだった。目だけがおびえたようだった。店員が何事もなかったようにやってきて、ホットケーキ二人前をテーブルに並べ出したので、岩井さんは座りなおした。その間にテツコはすごい勢いで店を出て行った。外に出たテツコが振り返ると、ガラス越しの岩井さんは、何事もなかったようにホットケーキにメープルシロップをかけていた。

「何なんだコイツは」

テツコは、今度という今度は、この人のことは全く理解できない、と思った。っていうか無神経すぎる。子供が四百八十万も手にして、もっと悪い事態になるとは思わないのか。何か取り返しのつかないことになってしまったら、どうするつもりなのか。それをまるでいいことをしたかのように得意になって、バカじゃないの。何が橋の上よ。そもそも、岩井さんの家の近くに橋なんかないんじゃないの、と毒づきながら歩いていたが、よく見ると、今、自分が歩いているのは、まさに橋の上であった。橋だとは知っていたけど、そうとは思わず毎日歩いていたことに気づいた。下をのぞき込むと、黒い川がゴーゴーと音をたてて流れている。夜に川の音を聞くなんて初めてだった。自殺しようと思った小学生は、この音をどんなふうに聞いていたのだろう。身を乗り出して夜の川の音を聞いているテツコに、気づく人は誰もいないようだった。道を行く人は、それぞれが、それぞれの事情を持って、早足で歩いてゆく。そりゃそうだろう。岩井さんは、よく小学生を見つけたよなぁと思った。無神経なくせに、と頭の中で悪口を言ってみた。一人でホットケーキを食べている岩井さんが、少し気の毒に思えたが、でもやっぱり一緒に暮らせないと思った。結婚する前にそのことに気づいたのは、ラッキーだったかもしれない。

テツコが家に帰ると、ギフはまだ帰っておらず、部屋は冷たかった。川の底を見ていたせいか、少し気が滅入っていたので、家中の明かりをつけてまわっていると、鞄の中から、聞き慣れないケータイ音が鳴った。あわてて取り出したものの、そのケータイが岩井さんのだ、と気づくのに少し時間がかかった。さっきの店から出てくる時に、テーブルにあったのを間違えて、鞄の中に突っ込んでしまったらしい。ディスプレイに公衆電話とあったので、岩井さん自身からだろうと思って、「はい」と出ると、「岩井さんですか?」とちょっとびっくりしたような女性の声がした。出てしまったことに後悔しつつ、「はいそうです。岩井さんのケータイです」と答えると、相手はまさか別の人が出ると思ってなかったのだろう、何を言えばよいのか困っている様子

だった。小さく「どうしよう」と言った声が、あまりにも子供っぽかったので、テツコはすかさず、

「もしかして、岩井さんがお金を貸した人ですか？」

と聞くと、相手はちょっとびっくりして、

「そーです」

と答えた。

「岩井さん、いませんか？」

電話の声は少し警戒している。

「さっきまで一緒だったんだけど、私、岩井さんのケータイ間違えて持って帰っちゃったみたいで」

「いないんだあ」

困ったような声だった。

「明日、会社で会うから、何か伝えておきましょうか？」

「えぇっと、明日じゃダメでぇ。今日中に会いたいんです」

「今日中？」

もう、九時を過ぎている。

「明日から合唱コンクールの練習があるんです」

死のうとしていた子供とは思えないほど、ハキハキとした声だった。

「岩井さんの家の場所、教えてもらえますか？」

今から出かけてお家の人に怒られないの？と聞くと、

「うちは両親働いていて、帰ってくるのが遅いんです。私、親に信用されているんです」

と言う。女の子は、どうしても今日中に岩井さんに会いたいと言い張り、テツコはしかたなく、じゃあ私も行くと言った。いつ帰ってくるかわからない岩井さんの家の前で、子供を一人で待たせるわけにはいかないと思ったからだ。最寄りの駅で待ち合わせをして電話を切り、つけた電気を今度は消しにまわって、そうだ岩井さんに連絡しようと思ったが、ケータイは自分が持っていることに気づいた。全く今日は何て日なんだろうと、自分のと岩井さんのと、ケータイを二つ鞄に突っ込んで家を出た。

駅に着くと、アウトドア用のピンクのジャケットを着た女の子が立ってゲームをしていたので、テツコの方から声をかけた。名前を言っていなかったので、

「岩井さんの友人です」

と名乗った。

女の子は、ゲーム機から顔を上げ、あわてて直立不動になり、

「お忙しい時に本当にすみません」

と大人のような挨拶をした。

「ここから七分ぐらい歩いたところ。行こうか」

二人が並んで歩き出すと、女の子は、

「話、聞いてますか?」

と聞いた。

「約束とか言って、なかなか話したがらなかったけれどね。私が無理やり」

「そーですか」

「岩井さんから借りたお金で、うまくいったの?」

テツコが聞くと、女の子はちょっと困ったように口ごもり、しばらくして口を開いた。

「私、ヤな人間でして」

テツコが女の子の顔を見ると、

「だから、友達ゼロです」

そう言って笑った。自嘲的な笑いだった。

「近づいてくる子は、いっぱいいまして、でも信じられないですね」

「信じられないって、何が？」

テツコが聞くと、

「全部ですね」

と言った。

「ずっと友達だよ、とか言うくせに、損だってわかったら離れてゆくんですね」

「損って、何が損なの？」

「だから、付き合うのが損だってことです。その子と付き合うと、自分が目立つとか、そういう特典がないと、付き合わないってことです」

テツコがよくわからない、という顔をしていると、

「だから、私、時々抜くんです。友達の財布からお札」

テツコがびっくりして、女の子の顔を見るとふふと笑った。

「トイレ行った隙に千円とか細かいの抜いて、戻ってきたらお金がなくなったって騒ぐんです。あんたもとられたかもよ、財布、見てみたらって」

「それ、犯罪だよ」

「でも、みんな気がつかないですよ。私がやってるって」

女の子は、「みんな気がつかない」というところで一瞬、少し寂しそうな顔になったが、またすぐに元に戻った。

「だから、何回もやっちゃいます。で、やっぱり私が怪しいってことになって。そりゃそうか。でも証拠なくて。そしたら、今度は少しずつ無視されてゆくんですよねぇ」

女の子は、「無視される」というところを嬉しそうに言った。

「私と付き合うと、損するんです」

そうきっぱり断言した。

「じゃあ、こうして岩井さんの家まで付き合ってる私も損するの?」

「もう、してるじゃないですか。私のために時間と労力」

「そんなの、別に損じゃないよ」

女の子は、あざけるように言った。

「ウソだぁ。損だよ。絶対に損。この時間、バイトとか行ったらお金もらえるんですよ」

そうかもしれない。でも、お金に困っていたとしても、やっぱりバイトを休んで、一緒に行く方を選ぶだろう。

「一緒に行くのは、私が安心したいからよ」

岩井さんの住むマンションが見えてきた。どこにでもある七階建てのベージュの建物。岩井さんはほとんど物を買わない。だから部屋の中は、何年経っても何も変わらない。

「それと、岩井さんが傷つかないで欲しいだけ」

女の子から少し笑顔が消えた。

「岩井さんねぇ」

「ウソの住所教えられたの、ショックだったみたいよ」

「ですよねぇ」

それでもやっぱり、彼女は他人事のようだった。

「恐喝の話もウソなの？」

「それは、昔々の話です。夏休みの前。仲間外れにされるのが怖くて、言いなりにお金を渡してました」

でも、結局、親にばれていたらしい。何に使ったのか問い詰められたそうだ。自分のお金は自分で管理しなさいって言ってたのはウソだったんですよねぇ、信じてバカみたい、と言った。

「恐喝のこと親に白状しちゃうと、すごいスピードでいろんなことが進んでいった」

らしい。脅していた子供たちは、ばれてしまったとたん、バカみたいにあわてて、泣きじゃくって、みっともなかった。何であんな人たちが怖かったのかわかんない、と女の子は吐き捨てるように言った。

　そんな話をしていて少し興奮したのか、女の子は立ち止まった。テツコも立ち止まって振り返ると、女の子は鞄の中から本二冊分ぐらいの包みを取り出して差し出した。

「これ、岩井さんに返してくれませんか」

　銀行の名前の入った紙袋だった。自分がＡＴＭでいつも使ってる封筒の何倍もあって、大口預金者用に、こんな大きな袋も銀行にはあるんだ、とテツコは感心した。

「やだよ、そんな大金。自分で持って行ってよ」

と言うと、

「ですよねぇ」

と札束の包みに目を落とした。

「本当に橋から飛び込むつもりだったの?」

とテツコが聞くと、女の子はウンとうなずいた。さっき見た黒い川を思い出して、

「そうか」

とテツコはつぶやいた。

「夜の川って、けっこううるさいよね」

「そう。なんかやたらゴーゴーって」

「街の音が消えるとよけいにね」

テツコは前にギフが言っていたパチンコ店の話を思い出した。閉店になった時のホールって、ただただゴォーって川みたいな音がしてるんだよね。華やかな光や音楽が止んだとたんに、機械が玉を流してゆく音だけになるんだ。なんだオレ、こんな殺伐としたところにいたのかぁって。生きてるって、本当はあんな感じかもしれないね。本当は殺伐としてんだよ。みんな、それ、わかってるから、きれいに着飾ったり、御馳走食べたり、笑い合ったりする日をつくっているのかもしれないな。無駄ってものがなかったなら、人は辛くて寂しくて、やってられないのかもしれない。

テツコがそんなことを思い出しながら、ぼんやりしていると、女の子が思い出したように言った。

「岩井さん、その時、魔法のカードくれたんです」

「魔法のカード?」

財布から二枚の名刺を取り出して見せた。会社のロゴが入った岩井さんの営業用の名刺だった。そこに、のんきな赤い文字で魔法のカードと書かれていて、それぞれに㊥、(弱)と書かれていた。「もう一枚、(強)ってカードがあったんだけど、それ使っちゃったから」

「ああ、強、中、弱の三枚ってことか」

裏を返すと、㊥には星が二つ、(弱)には星が一つ描かれていた。たぶん、(強)には星が三つだったのだろう。

「人生、困った時はこの三枚のカードを使いなさいって」

岩井さんは、ウソじゃないよ、何でもかなうカードだから、と言って差し出したらしい。

「この人、私のことバカにしてるんだって思った。だから、(強)のカード出して、四百八十万円貸して下さいって言ったの」

それは、岩井さん、びっくりしただろうなぁとテツコは想像した。女の子も思い出しているらしく笑い出して、

「目が点になるって本当なんだね。目がさ、本当に小さな丸になったんだよね」

岩井さんは、ぽかんとして、四百八十万って、すっとんきょうな声を出したらしい。

女の子は、ほらね、と思ったのだと言う。損するとわかったら、この人もそのうちどこかへ行ってしまうだろう。

「岩井さんがどこかへ行ってしまったら、飛び下りるつもりだったんだ」

テツコがつぶやくと、女の子はしばらく黙っていたが、

「私が死ぬと、お父さんとお母さんが損するのかなぁ」

とぽつりと言った。

「違うよ。損するのは自分だよ」

テツコが言うと、

「あ、同じこと言ってるぅ」

と女の子はテツコを指さした。

岩井さんも、そんなことを言ったらしい。

「へぇ、同じこと言ったんだ」

そう言った後、わかった、じゃあ明後日の朝七時にここに来て、と言って別れたそうだ。約束の日、岩井さんは先に来ていて、何やらゴソゴソと用意していた。女の子を見つけると、あわててコンビニのおでんの容器にペットボトルの水を注いだ。するとあたりは煙だらけになったのだと言う。

「それって、ドライアイス？」

テツコがあきれたように言うと、

「そう。けっこう大きな固まりで、なかなか煙がおさまらなくて、二人でケーサツ来るよって焦ったりして、おかしかったぁ」

結局、煙がなくなるのが待ちきれなくて、岩井さんは火傷したらどうしようとおびえながら、ハンカチでドライアイスをつかんで取り出したのだという。

「で、煙の中から、四百八十万円が、あらわれたの」

今さら、そんな大金はいらないとは言い出せず、ウソの住所を言ってしまったらしい。

「そっか、そういうことか」

とテツコが言うと、

「でも、すごいと思いました」

と女の子が真面目な顔で言った。

「人間ってすごいです」

二人で、岩井さんの用意した札束の入った袋を見つめた。女の子は、その袋の口をテツコに向けて、中の札束を見せた。テツコは、ため息をついた。

「何なんだ、こいつは、だよね」

　こんなものを見せられると、テツコもやっぱり、どこかで、岩井さんスゴイかもと思った。マンションの窓では、岩井さんらしき人影が、同じ動作を繰り返している。ストレッチをしているようだ。たぶん、ホットケーキを食べすぎた罪悪感からだろう。

「あそこの部屋だよ」

　テツコが岩井さんの影のある窓を指さすと、

「私、返してきます」

と銀行の袋を鞄にしまった。

　そうだ、とテツコは、ついでにこれも返しておいて、と岩井さんのケータイを女の子に渡した。

「返したら、すぐに戻ってくるから、ここで待っててくれますか？」

「いいよ」

　テツコが答えると、女の子は全力で走り出して、マンションのエントランスに消えた。待っている間、マンションの下にあるコンビニで何か買おうかと考えた。岩井さんは、ここでよくワッフルを買っていた。本当はパンケーキがいいんだけど、と言いながら。あぁ、そうか。岩井さんはへこむと必ず、そんなものを食べたがった。ふわふわの食感で、できたらホイップクリームののっかったの。これ食うとテンション上がるんだよなぁと言っていた。だからあんなにパンケーキにこだわっていたのか。そうか、四百八十万円、相当こたえていたんだ。

女の子は言った通り、すぐに戻ってきた。息を弾ませながら、

「魔法使いの部屋、フツーだった」

と言った。そして、

「あ、これ返すの忘れた」

と握りしめていた手を開くと、丸まった、例の名刺二枚だった。

「もらっておけばいいよ」

「いいのかな」

と、名刺を丁寧に伸ばしている。

「人生は長いよ」

女の子は顔を上げて、テツコを見た。

「あと二回ぐらい、使うかもしれないし」

テツコが言うと、

「八木（やぎ）さんに、教えてあげたかったなぁ」

と宙を見つめてつぶやいた。

「八木さんって誰？」

「知りませんか？　八木重吉(じゅうきち)」

テツコが知らないと言うと、詩人です、と言って、女の子は突然、暗唱し始めた。

　わたしみづからのなかでもいい
　わたしの外の　せかいでも　いい
　どこにか「ほんとうに　美しいもの」は　ないのか
　それが　敵であつても　かまわない
　及びがたくても　よい
　ただ　在るといふことが　分りさへすれば、
　ああ　ひさしくも　これを追ふにつかれたこころ

夜の空に女の子の声が途切れて、しばらく二人は黙っていた。

「八木さんに言ってあげたかったなぁ。あるかもよって」

そう言って女の子は、歩き出した。

まだ、細い子供の足だった。

女の子と別れて、電車を降りてからマナーモードにしていたケータイを見ると、岩井さんから山のように着信履歴があった。それを確認していると、岩井さんから電話がかかってきたので、出ると、興奮した声で、

「オレ、結婚できるから」

と言う。

もう、一時はどうしようかと思ったけど、やっぱりホットケーキが効いたんだな。結婚資金、戻ってきた。これでオレたち、結婚できる。と声も弾んでいた。ケータイがなぜ戻ってきたのかまでは頭が回らないらしく、四百八十万戻ってきたことばかりを言っている。

「結婚資金が戻ったら結婚するなんて、私、言ったっけ?」

とテツコが言うと、はしゃぎすぎたのを反省したのか、少し改まった声で、

「わかった。じゃあ、改めて、お金も戻ったことだし、結婚しよう」

と言った。

何でそうなるのかよくわからないが、当然のようにそう言う。テツコが怒ったのは、大金を失ったからだと思い込んでいるようだ。テツコが怒ったのは、たぶん自分に対

してだ。これぐらいのことで岩井さんをイヤだと思ってしまった、自分の心の狭さに腹が立ったのだった。それを岩井さんに言うと、なんだオレのこと好きなんじゃない、と言うだろう。それは少し違うような気がする。岩井さんとテツコの話は、いつも何かが微妙に食い違っている。

「じゃあさ、魔法のカードちょうだい」

と言うと、岩井さんは、

「何、それ」

と絶句した。

「一番強いのくれたら結婚してもいい」

岩井さんのことは、正直、わからないことだらけだが、誰よりも「ほんとうに美しいもの」がこの世にあると思いたい人なのだろう。

女の子に名刺を三枚渡したことなど、すっかり忘れているらしく、

「何の話？　ねぇ何だよ。ヒントちょうだい。ヒント」

と電話の向こうで大騒ぎしている。

テツコも女の子も岩井さんも、生まれてから今に至るまで、まだ一度も「ほんとうに美しいもの」なんて見ていない。でも、だからと言って、ないわけじゃない。

「一番強いのって、何だよ」

「女の子にあげたヤツ、魔法のカード」

「ああ、アレかぁ」

優位に立った時の余裕の声で「アレね」と何度も言う。小細工の好きな岩井さんは、徹夜してスペシャルなカードをつくってくれるだろう。それさえあれば、うっかり自分の足元にある暗い淵をのぞきこんだとしても、戻ってこれるだろう。

そうか、私が欲しかったのは、それだったのか。テツコは歩きながら、なんだ、そーだったのか、と思った。自分の帰るべき家に明かりが灯るのが見えた。たった今、一足先にギフが帰ってきたのだろう。ただひたすら、そこを目指しながら歩こう。怖いものなど、何もない。

夕子

夕子は、親しくなると、その人がいつ亡くなるのかわかる。何年も先のことは、わからないが、亡くなる一週間ぐらい前になると、なぜか涙が止まらなくなってしまう。最初はうつ病か何かだろうと人に言われ、自分でもそう思っていた。でもよく考えると、子供の時からそうで、親たちはよく泣く子供だとしか思っていなかった。二時間ほど泣き続け、ようやく止まったかなと思って、中断していたことに取りかかろうとすると、何も悲しくないのに、また涙がふき出してくる。そういう時は、じっとしているしかなかった。泣くのは体力を消耗するし、目も腫れるし、何とかならないものかと思うのだが、こればかりは何ともならなかった。

こんなことが何年も続くうちに、泣いた後には必ず知り合いが亡くなっていることに気づいた。親しい人ほど泣く時間が長い気がした。そうなると、泣きながら、また誰かが亡くなるんだろうなぁ、と気をもんだりした。しかし、それが誰だか夕子にはわからない。重い病(やまい)で入院している叔父さんだろう、と思っていたら、まだ若い友人だったり、我ながら気味が悪いのだが、誰かに相談することもできず、文字に残すのも忌まわしい気がした。涙は不思議なことに、亡くなったという知らせが入ったとたん、ぴたりと止まってしまう。涙は止まるが、悲しいことには違いない。だが、夕子がお葬式で涙ぐむ、ということは一度もなかった。その前に、ありったけの涙をしぼり出してしまうからだ。そんなことを知らない親戚たちから、よく泣くくせに夕子は肝心なところでは泣かない冷たい子だ、と言われたりした。

　そんなせいか、夕子は子供の頃から、おびえたような顔をしていた。そして、自然と、人と付き合わないようになっていた。なるべく知り合いはつくらない方がいいのだ。人は必ず死ぬ。親しくなれば、それを知らねばならない。だから、自分が結婚して家庭を持つ、などということは、とても考えられなかった。

　しかし、短大を出て、父親が探してきたコネでOLになると、周りが放っておいてくれず、親や親戚に勧められるままお見合いをした。どの男性も立派そうに見せていたが、ちょっとしたしぐさが見すぼらしく思え、ことごとく断った。何が不服なのかと母親は怒ったが、この見すぼらしい感じは、どんなに説明してもわかってもらえそうになかった。ずり落ちそうなズボンを持ち上げるしぐさであったり、自慢している時の口許であったり、財布をのぞき込む首の角度であったり、人それぞれ目につくところは違うのだが、夕子には同じように見すぼらしく見えた。しかし、不動産をあきれるほど持っていたり、信じられないほどの高給取りだったり、若いのにいくつもの肩書を持った人たちだったので、夕子の感じた、小さな嫌悪感を、言葉で説明しても何の説得力もなかった。

ある日、見合いの後、例のごとく涙が止まらなくなった。ついに来たと思った。どうか、見合いの相手ではありませんようにと祈ったが、やはりその人で、交通事故だった。それ以来、夕子は全ての見合いを断り続けた。周りは、亡くなった人をよほど気に入っていたのだろうと話し、しばらくは、そっとしておこうということになった。亡くなった人には申し訳ないが、夕子には、好都合だった。

事務の仕事は性(しょう)にあっていた。夕子が入社した頃は、会社はすべて七枚つづりの伝票で回っていた。裏にカーボンが貼られており、七枚目まできれいに見えるように書くには、かなり強い筆圧でなければならなかった。夕子の書く文字は、四角ばっていて読みやすかったので、みんながほめてくれた。一日の終わりに、カーボンで真っ黒になった手を洗うのは、充実感があった。夕子が書いた伝票が、経理課や倉庫の在庫係に一枚一枚届けられてゆく。書きながら、そんなことを想像するのも楽しかった。伝票ごとに勘定科目のゴム印の組み合わせも変わり、その処理は複雑きわまりなかったが、その都度頭を使わねばならないのも気に入っていた。先輩ＯＬが、ものすごい勢いで伝票をめくりながら、複数の勘定科目のゴム印を的確に次々と押してゆくのは、本当にかっこよく、夕子はその指先に見とれて、思わずため息をついた。

が、しばらくするとシステム室なるものができて、コンピューターで管理することになり、伝票は目的別に異なる色の、カラフルな薄手のものになった。勘定科目は機械が読み取れるよう数字の羅列となった。全てが簡素化され、伝票処理が誰にでもできるものになってしまうと、夕子の仕事は面白いものではなくなってしまった。

大きなコピー機も、いつの間にか設置された。課長はコピーを頼む時、「ゼロックスをとってきて」と言った。ゼロックスとはメーカーの名前なのに、そう言った。以前からあった濃淡を微妙に調節せねばうまく写らない青焼きと呼ばれるコピー機は、地下室へ撤去されることになった。青焼きは、特殊な液に紙をくぐらせるので、濡れた状態で出てくる。それを、ＯＬたちが、そこらに並べ、ぱたぱた乾かしたりする姿は、洗濯物を干しているような、とてものんきな風景であったが、もうそれも見ることはない。山川さんは、青焼きコピーが異常にうまかった。部長もお客さんに持ってゆく書類は、やっぱり彼女だと言っていた。青焼きコピー機を地下室の倉庫に運びながら、夕子は、あの山川さんの絶妙な技術は、どこに行ってしまうんだろうと思った。

和文タイプを打っていた女の子たちは、部屋の半分ぐらいを占める、バカでかいワープロのシステムを一から覚えねばならず、四苦八苦していた。和文タイプは、一文字ずつ、ガタンガタンと機を織るように活字を見つけては拾い、文章に組んでゆく。薄い和紙に打たれた活字はとても美しく、文書室の女の子は夕鶴のようだったが、今はテレビみたいな画面を、しかめっ面でにらんでいた。プリンターから吐き出される紙は、さほどありがたみがなく、重役たちもそう思ったのか、社報だけは、しばらくの間、和文タイプで打たれていたが、それもすぐにワープロになってしまった。

みんな、新しいことを覚えるのに一生懸命だった。こうしたら見やすいのではないか、こうやれば早くできるのではないか、この方がみんなが気持ちよく仕事ができるのではないか、というささやかなOLの技術は、先輩から後輩へときめ細かく伝授され続けていたが、それをいきなり誰かが、ぶった切ってしまったような感じだった。

先輩も後輩もなく、ただただ日々、新しいことを覚えてゆくだけの職場に、もう夕子は面白さを見出せなかった。同僚たちは、そんな忙しさからくるストレスをテニスやスキーで発散させていたが、それらが、明らかに男女が出会いを求めているだけの集まりだとわかってからは、夕子は誘われても行く気がおこらなかった。

夕子の周りは、入社当時から変わらぬ顔ぶれではあったが、気がつくと、どの人も知っている人たちではないような気がした。みんな、あまり怒らなくなっていたのだ。よく怒っていた部長も課長も、ソフトになったと言えば聞こえはいいが、表面上は穏やかに、やり過ごすようになっていた。それは、怒ると損だという計算が働くようになったからだろう。改めて世の中を見回すと、全部がそういう流れになってしまっていた。誰もが嫌われたくない、と思っているようだった。

そんな中、総務課の郵便物を担当している加藤（かとう）さんという年配の女子社員だけは、相変わらず口うるさく、いつも怒っていた。封筒の一枚一枚をチェックして、間違えた書き方をしていると、その課にまで電話をかけてきて取りに来させ、容赦なく叱り飛ばして書き直させる。時間にもうるさく、会社中の社員が加藤さんを嫌いだった、と夕子は思う。でも加藤さんは、嫌われることなど怖がらなかった。みんなが規律を守らない方がはるかに恐ろしいことだと考えていたのだ。はっきり言って、加藤さんは時代遅れだった。他の先輩は、後輩のミスを叱るかわりに、こっそり自分で直したりしていた。その方が面倒はなく、簡単だったからだ。でも夕子は、いや他の社員も、その加藤さんのおかげで、エアメールの宛て名だって、ちゃんと一人前に書けるようになっていたのだ。加藤さんだけは、絶対に定年までいると思われていたのに、若い営業の男の子と大ゲンカした後、突然、辞表を出してしまった。自分のやり方が正しいと信じていたのに、上司が味方してくれなかったからだと、みんなは噂していた。加藤さんが辞めてしまうと、もう誰も叱ってくれる人はいなくなってしまう。それは、ほっとすると同時に、とても不安なことだった。でも、そんな不安を誰も口にしなかった。

街では、商品の種類がどんどん増えていっている気がする。同じようなものなのに、昔なら近所の店に一種類しか置いてなかったもの、例えばシャンプーみたいなものが、街に出れば、何種類も売られていて、みんなは選ぶという楽しさに夢中になっているようだった。夕子は、そのことにもなじめなかった。デパートに行くたびに、欲しいものが増えてゆく。そのことが、とても不安にさせる。何かを買っても、次に行くとまた新しいものがあって、心がざわざわした。

そんな感じは、会社でも一緒だった。誰が始めたのか、お昼のお弁当を食べ終わると、女の子たちは彼氏からもらったものを、おもむろに取り出し、お互いに見せ合ったりした。最初はささやかな高級菓子店の小箱で、もったいぶってみんなに少しずつ食べさせたりしていたが、それは徐々に高額なものへとなっていった。後輩が得意そうに、ティファニーの銀製のネックレスを見せびらかしていたが、その彼女の足元が、仕事ではきつぶされたサンダルであるのに気づいた時、夕子は、なんて見すぼらしい世界に自分はいるんだろうと思った。そして、こんなところ、辞めてしまおうと思った。

そうは思ったが、なかなか辞表は出せなかった。女子社員は、寿退社、つまり結婚して家庭に入るという理由で辞めるものと決まっていたからだ。彼女らは、残っている有給休暇分の休みを取り、最後の日に振り袖を着て挨拶回りをした。みんな決まったように薬指に立爪のダイヤの婚約指輪を見せびらかすようにつけ、会社の近所にある「ダリア」という洋菓子店のショートケーキを人数分配った。

ケンカで辞めた加藤さんは、有休を取らず、後輩への引き継ぎをきっちりやり終え、それが終わった次の日に挨拶回りをした。紺のスーツに白いボウタイのブラウスだった。みんな口々に「元気でね」と泣きそうになりながら言っていたが、加藤さん自身は、さばさばしていた。夕子は、加藤さんに餞別(せんべつ)としてスカーフを渡した。人前はイヤだったので、わざわざ屋上に呼び出して渡した。百合の花がプリントされた、ちょっと奮発したものだった。加藤さんはびっくりし、初めて泣きそうな顔になった。屋上から見下ろすと、数知れぬほどの会社がひしめいている。それらが、すごい勢いで一挙に変わろうとしていた。

「加藤さんは悪くないです」

夕子は、今さら言ってもしょうがないと思いながら、でも言わずにはいられなかった。みんなが、変わっていったのだ。そして、みんなは、自分が変わっていってることにさえ気づいていない。

加藤さんは、夕子に、

「意外に思うかもしれないけれど、私、この会社も仕事も好きだったのよ」

と言った。

「知ってます」

それは見ていればわかります、と夕子は心の中で言った。

「でも、この先の会社は、あんまり好きになれないかもね」

加藤さんは、そう言って笑った。そして、すぐ寂しそうな顔になった。

特に仲がよいわけではなかったので、それっきり話すことがなくなり、二人は黙ってオフィス街を見下ろしていた。屋上の柵を握る加藤さんの指は思ったより細かった。

この手で、何十年分もの会社の郵便物に、ガシャンガシャンと郵便料金のスタンプを押し続けてきたのだった。

「不本意だよねぇ」

と、加藤さんはうつむいたまま言った。

「でも、私たちは、ここでやってくしかないんだよね」

夕子の方を振り返り、

「それが生きるってことだよね」

空が赤く染まってゆくのを見ながら、加藤さんはそう言った。

久しぶりに、見合いの話がきていたが、夕子の両親は、またどうせダメだろうと諦めていた。なので、夕子がお見合いをしてみる、と言った時は驚き、喜んだ。気が変わらないうちにと、段取りはすごいスピードで進んでゆく。

あの日、別れ際に加藤さんに言われたのだった。

「世の中、あなたが思っているほど怖くないよ。大丈夫」

そう断言して夕子の肩をたたいたのだった。

見合いの相手は、二十七才の気象予報士だった。お母さんと二人で古い一軒家に住んでいたらしかったが、最近、そのお母さんが亡くなってしまったらしい。家屋は古すぎて価値はないが、土地は売れば相当な額になると母親はべらべら説明した。あれだけの坪数なら、ちょっとしたマンションが建てられるんじゃないかしら、などとまだ見合いもしてないうちから勝手な想像をふくらませている。

　最近は仲人なんか行かない方がいいのよ、と世話をする人が言い、二人だけで会うことになった。相手の寺山連太郎は、有楽町の数寄屋橋で待っていた。母親は、「君の名は」みたい、と喜んだ。それは昔に流行った、男女のすれ違いドラマで、二人は数寄屋橋で会ったのよ、と熱っぽく語ったが、待ち合わせにやってきたのは、背の高い、猫背の、体の固そうな青年であった。

　開口一番、自分のことを「面白みのない人間ですみません」、と謝ったが、夕子にはその人の動き方や喋り方はほのぼのとしていて、面白く思えた。二人は喫茶店で話をした後、画廊をひやかし、趣味とか仕事とか、家族の話を、思い出したようにぽつりぽつりと話した。銀座の洋食屋に入って、カツレツを注文した時、連太郎は「あッ」と声を上げた。びっくりして夕子が顔を上げると、青年は自分の体の匂いを嗅いでいた。

「すみません。ボク、昨夜風呂に入るの忘れました」

　今頃そんなことを思い出して恐縮していた。

食事時に、そんな告白をされても、なぜか清潔な人に思えた。見すぼらしいと思うところは、ひとつもなかった。

とりあえず、お付き合いしてみようかな、と言うと、母親は、そうよそうよ、姑も兄弟姉妹もいなくて、家だけついてるなんて、あんた、こんな話、もう二度とないわよ、本人は薄給だけど、そんなことまで求めたらバチが当たるわよねぇ、と興奮した。夕子が見合い相手を気に入ったことがわかると、家の中は一気に華やいだ。ここぞとばかりに、気兼ねなくお金が使えると、母親は張り切っていた。

なのに、何日か経ったある日、突然、あの人はやめた方がいいと言い出した。とてもよく当たる占い師に、夕子と見合い相手の相性をみてもらったそうである。

「そしたらね、あの人、よくないのよ」

あんなに喜んでいた母親は、眉をひそめ声も小さく、そう言った。

「あの人自身はね、とても丈夫な人なんだって、でもその分、周りの人がね、早く亡くなるって言うのよ」

父親は、

「いいかげんにしろ」

と読んでいた新聞をたたんで座卓に置き、立ち上がった。

「夕子が気に入ってるんなら、いいじゃないか」

そう言って、碁盤を引っ張り出して、昨日の続きの石を置きはじめた。

「でも、気になるじゃない。ガス爆発も当てた人なのよぉ」

母親は茶碗や皿を片付けながら父親を見る。

「あの人じゃなくったって、もっといい人、いるわよ」

と母親は、鉢にひとつだけ残っていた里イモを口に放り込んだ。

夕子は、何か言い返したかったが、言葉は出て来なかった。

「断っていいわよね」

とイモをかみ砕きながら言う母親に、父親は顔を上げて、

「いいかげんにしろ」

と怒った。


が、母親は本当に断ってしまったようで、連太郎から連絡は来なくなってしまった。たぶん、断られる前に投函したのだろう絵ハガキが一通届いて、連太郎とは、それきりになってしまった。

お母さんが死んだから、結婚しようなんて、きっとあんたをお手伝いさんみたいに

便利に使おうとしてたのよ、などと一転、母親は連太郎の悪口を言い出した。

夕子は、母親の反対を押し切ってまで結婚する気はなかったので、そのままにするしかなかった。

会社の新しいシステムに慣れてしまうと、時間が余ってしかたがなかった。しょうがなく、チビチビと時間をかけて封筒にゴム印を押すような仕事の仕方をするようになった。課長は、海外から来るお客さんの接待の段取りでばたばたしていた。電話で芸者を頼んでいた課長は、部長に向かって大声で、

「年取ってるけど芸のあるのと、若いけど芸がないのと、どっちがいいかって聞いてますけど」

と叫んでいる。部長は、

「そりゃ、若い方だろ」

と言って、課長と二人下品に笑った。

ゴム印を押しながら、それを聞いていた夕子は、突然、涙がふき出してきてあわてた。会社に入って、こんなふうに涙が出るのは初めてだった。

とりあえず給湯室に駆け込んで、涙を止める努力をした。心配して見に来てくれた先輩に、

「すみません、歯が痛くって」

ととっさにウソをついた。先輩は、

「わかった。課長には私から言っといてあげるから、早退した方がいいよ」

と言い、冷蔵庫から氷を出してビニール袋に入れてタオルにくるみ、それを頬に当ててくれた。更衣室で帰り支度をしていると、また先輩がやってきて、医務室でもらった鎮痛剤を渡してくれた。そして、今日中にやらねばならないことは私がやっておくから心配しなくていいからね、とまだ泣いている夕子に優しく言った。あまりに、膨大な涙の量なので、先輩はよほど痛いのだろうと思ったようだ。夕子は、心の中で謝りながら、ビルを出ると、お昼休みが終わったばかりで、オフィス街は鳩がいるばかりだった。橋にさしかかると、風が川下から渡ってきて気持ちがよかった。それなのに、夕子の涙は止まりそうもない。家に帰って、泣いている理由を説明するのも、それを考えるのも面倒だった。橋の上で、しばらくこうしていたかったが、思い詰めて自殺を考えている人に思われても困る。とりあえず歩こう。歩きながら、また誰かが死ぬのかなぁ、イヤだなぁ、と思った。ふいに、寺山さんだったらどうしよう、という考えが頭をよぎった。そう考えただけで、息が止まりそうになり、体が震えた。イヤだ、イヤだ、絶対にイヤだ。こんなに強い感情に突き動かされたのは初めてだった。

まだ、連太郎と決まったわけではないのに、気持ちがおさまらない。とにかくたしかめたかった。しかし勤め先の電話番号は知らない。電話案内で調べようかと思ったが、いきなり電話をして安否を確認する勇気はなかった。元気な本人が電話口に出てきたら、何を言えばいいのだろう。

どうしようと考えていて、絵ハガキのことを思い出した。出張先の長野から出してくれた、水芭蕉の写真のハガキで、そこには天気の話ばかりが書かれていた。それを夕子は、本のしおりに使っていて、ショルダーバッグの中にあるはずだった。

連太郎の生真面目な文字で書かれた住所をたよりに家を訪ねようと思った。とりあえず自分が泣いている間は、生きているはずだ、というヘンな自信があった。もしかしたら、自分が助けられるかもしれない、と思ったりした。何の根拠もないのだけれど、なぜかそう思い込み、本屋に行って地図を見つけ、乗るべき路線と降りるべき駅を確認した。こんなことをするのは初めてだったので、というか地図の読み方もよくわかっていなかったので、外回りの営業らしきサラリーマンのオジサンに教えてもらったりして、ようやく、どのあたりに家があるのかを探りあてた。

泣いている女の子に対して、みんな優しかった。よほどのことがあるのだろうと、駅員さんや商店街のオバサンたちは親身に教えてくれた。教えてもらった路地を歩いていると、背中から加藤さんの言った言葉が聞こえてくる。

「世の中、あなたが思っているほど怖くないよ。大丈夫」

気がつくと、先輩がくれた鎮痛剤を固く握りしめていた。

寺山連太郎の家は、二階建てや三階建ての新しい家が並ぶ中、そこだけ平屋の古い建物だった。母親は七十坪と言っていたが、その半分ほどが庭で、銀杏の木が植わっている。

「ごめんください」

と声をかけたが、もちろん誰もいず、悪いと思ったが門をそっと開けて中に入った。

玄関の鍵は、今頃こんなの使うのかなぁと思うほど古いタイプのものだった。中はしんと静かで、こんなところに一人で住んでいるのだと、初めて連太郎の寂しさを思った。

夕子は、庭で待たせてもらうことにした。まだ涙は止まりそうになかったので、できるだけ近所の人に見つからないよう、大きな銀杏の木に身を寄せ、連太郎が無事に帰ってくることだけを祈りながら息をひそめていた。庭にうずくまって見上げると、とても立派な家だった。しかし、どこか可哀相だなとも思った。亡くなったお母さんが手をかけてきた家だとわかったからだ。その前はお母さんのお義母さんが、たぶん会社の先輩から自分へと伝授してもらったような習慣が、この家の中にもあったはずなのだ、と夕子は思った。それも、やっぱりなくなってしまうんだろうか。他の家と同じような新しい建物が、ここに取って代わってしまうんだろうか。そしていずれ、この銀杏の木も消えてしまうのだろうか。それは、とても寂しい気がした。もし、寺山さんが無事なら、自分がこの家を守ってゆくのに、と思った。ここでなら、自分は生きてゆけそうな気がする。母親は、嫁ぐと私が長生きできないと言うが、それは損なことなのか？　見すぼらしい世界に、自分を合わせながら生きてゆく方が、はるかに損な気がしてきた。今、会社でチビチビと仕事をしている自分こそ、一番見すぼらしいのではないか。

ふいに、銀杏（ぎんなん）の実をひとつひとつ拾い集めて、それを洗っている自分の姿が見えた。鼻をすすり、悪臭を我慢しながら、冷たい水で銀杏を洗っている自分は、とても幸せそうであった。まだ青葉の銀杏の木の下で、そんなことを考えていると、夕子の涙は突然、ぴたりと止まった。

条件反射的に「死んだ」と確信した。誰が？　寺山さんが？　そう思った時、門扉の開く音がして、誰かが入ってきた。思わず立ち上がって、様子をうかがうと、鞄をのぞきながら鍵を探している連太郎だった。

連太郎は、気配を感じたのか庭の方をのぞき込むと、銀杏の木の下に夕子が立っていたので、声が出ないぐらい驚いて、

「どうしたんですか？」

とようやく声に出した。目が赤く、泣き腫らした顔だったので、夕子は何と説明してよいかわからず、しかたなく正直に言った。

「死んだかもしれないって、思ったもんですから」

連太郎は、きょとんとした顔で夕子を見ていたが、

「ボクがですか？」

と聞き返した。夕子がうなずくと、しばらく考えて、

「いやぁ、そうですか」

と頭をかいた。

「実は、昼間、ちょっとそんなこと考えました」

母親も亡くなるし、夕子さんからも結婚を断られるし、気持ちが弱くなっているところに、仕事の失敗が重なって、少しめげました、すみません、と、なぜか夕子に謝った。そして、

「でも、一瞬ですよ、一瞬」

と連太郎はあわてて言い訳するように言うと、玄関を開けながら、

「こんなところでは何ですから、上がって下さい」

と言ったが、あせっているのか鍵がうまく差し込めない。

未婚の女性が、男一人住まいの家に上がるのはどうかと迷ったが、夕子は家の中を見てみたいという誘惑に負けて、素直に連太郎の後ろから入った。

入って下さいと言ったくせに、夕子が上がろうとすると、

「うわぁッ、どーしよう。掃除してなくてすみません。靴下汚れるかもしれません。すみません」

と焦りながらスリッパを探すが、そんなものはなく、あげくの果てに、

「土足で入って下さい」

と口走ったりした。もちろん、夕子はちゃんと靴を脱いで、おそるおそる上がると、やっぱり思った通り、古い家なのに長年手入れされてきたらしく、まだまだこの先も十分に使えそうであった。

「丁寧に住まわれてきたんですね」

と夕子が感嘆すると、

「いやぁ、どうなんでしょう。隙間風はひどいですよぉ。戸が開けにくいところもあ

るし、薄暗いし」

と、あちこち開けては、座布団を振り回しながら、部屋の空気を入れ換えようと、やっきになっていた。

座敷から見える銀杏の木は、とても様になっていた。変わらないものが、ここにはある。夕子は自分の心が安らいでゆくのがわかった。

「いいですね、こんな大きな木と一緒に年をとってゆけるなんて、うらやましいです」

と言うと、連太郎は、

「ボクもうらやましいです」

と言った。

「あなたみたいな人と一緒に年をとってゆける人、うらやましいなぁ」

言っている途中で恥ずかしくなったのか、最後はおどけるように語尾を上げた。

夕子は、「本当に?」という顔になって、

「じゃあ、私ここで暮らしていいですか?」と聞いた。連太郎は驚いて、

「いや、だって、断られたし」

と言うので、

「あれは母が勝手に断ったんです」

と説明した。占いのことは言わなかった。そのかわり、自分の涙の話をした。私はどうやら人が死ぬ時期がわかるらしい、という話をすると、最初は「ほぉ」と驚いていたが、

「別に誰かが死ぬのは、夕子さんのせいじゃないんだから。それはひとつの能力なわけで。そういや、雨が降りそうになると匂いでわかるっていう人いましたよ。雨の匂いがするそうです。夕子さんは人より、何かが勝（まさ）ってるってことですよ。つまりそういうことです」

と、しきりに感心してくれた。それを聞いていた夕子も、つまりそういうことなのか、と思えてきて、気持ちが少し楽になった気がした。


　夕子が泣いて、二、三日経っても誰も死ぬ気配はなかった。あんなに泣いたのに、こんなことは初めてだった。もしかしたら、自分自身が死んだのかもしれない、と思うようになった。人が怖くて、できればかかわらずに生きてゆきたいと思い続けていた自分が死んでしまったのかもしれない。

　やっぱり寺山さんと結婚します、と言うと、母親は泣いたり脅したりしたが、夕子の頑固さは、誰よりもよく知っているので、最後は折れるしかなかった。それでも悪

口をさんざんしゃべり倒し、最後に、
「あーあ、私は世界一寂しい女よ」
とため息をついた。

夕子は、寿退社をした。でも振り袖も、立爪のダイヤも身に着けなかった。もう半分ぐらいの社員が、この何年かの間に、すでにそんな習慣をやめていたので、特に肩身の狭い思いはしなかった。会社は多角経営を目指し、子会社をいくつもつくり、ほとんどの同僚や先輩はそこへ出向していたので、一番世話になった人たちに挨拶することはできなかった。鎮痛剤をくれた先輩は、派遣業の子会社に移っていた。かつて働いていたこの場所には、もう美しいと思えるものが何も残っていなかった。夕子には、心残りは何もなかった。

結婚をした次の年に、男の子を産んだ。庭にある一本の樹のように、いつまでも変わることなく人に安らぎを与えられる人になれるようにと、一樹（かずき）と名付けた。その後、とにかく忙しく、親しい人が亡くなることもあったが、夕子が泣くことはなかった。夕子自身、忙しすぎて、涙があふれそうになっていても、そのことに気づかなかっただけかもしれない。

家事を終えた昼下がり、一樹を膝に置いて、庭の銀杏の木を見ていると、そのまま二人がその木の間に、すっと入っていってしまうような気がした。自分と一樹の間に境目がないように、自分たちと庭の風景の間にも境目はなく、全て消え去って、ただそこに在るということだけがある、不思議な心持ちだった。が、一樹がしゃべり出すと、そんな感じは消えてしまった。いつの間にか、自分は「ママ」という者になっていて、一樹は夕子の姿を見失うと、全力で声を上げた。それはそれで嬉しいことなのだが、もう二度とあの時みたいに、一樹と一体になることはないのだ、ということだけはわかった。一樹が何かを指し、覚え立てのその名前を得意そうに繰り返している姿は、とてもかわいいのに、寂しい気がした。

それでも、夕子は家の用事をするだけで十分に幸せだった。七草を刻んだ粥を食べ、豆をまき、次の朝、その豆を鳥が食べに来ているのを見つけ、春を感じ、桜を見て、苺ジャムをつくる。新緑の匂いに気づき、梅干しを縁側に出しては干し、干してはしまいを繰り返す。折り紙で天の川をつくって見せて一樹を驚かせ、花火をして、スイカを食べて、桃をむいた。小豆を煮て月見だんごをつくり、栗を渋皮のまま煮て瓶詰にし、銀杏を拾って洗い、割って煎って、みんなで食べた。庭を金色に染めた落ち葉を掃いて、白菜を干して樽に漬けた。縁側で冷たい空気を胸一杯に吸うと、気持ちがしゃんとなった。障子を張り替える時は、一樹と盛大に古い障子を破った。縁側に干した布団はふわふわだった。薄く積もった雪でつくったうさぎの目はナンテンの実で、それを一樹が小さな指で夢中になってつつく。そんなことだけで、夕子は十分だった。

連太郎の仕事の都合で、東北の方へ一家で移り住むことになってから、気持ちがどんよりとしはじめた。重い鉄の扉で閉ざされた集合住宅に、三才の一樹と二人きりで過ごしていると、夕子はやることがなかった。ＯＬ時代のように、チビチビと家事をした。それは連太郎も同じで、転勤先の仕事は気苦労が多く、自分の思うようなものではなかった。同僚に誘われて行ったパチンコ店で一万八千円も儲けて、それからは一人で行くようになった。パチンコは初めてではなかった。亡くなった母親が入院していた病院の近くのパチンコ店によく行っていたのだ。病院では待ち時間が長く、男の自分がやれることもないので、母の側に叔母を残して、気晴らしに行っていたら、やめられなくなってしまった。そのうち持っているお金を全部使わないと気がすまなくなっていた。勝ちたいというより、ただゲームが終わるのが怖かった。母はあと一ヵ月ほどしかもたないだろうと医師に言われていた。それを待ち続けているだけの日々だった。

母が亡くなってしまうと、もう病院へ行かなくてもよくなり、そうなるとパチンコはしなくなった。でも、時々、母が入院していた、あの時の気持ちになることがあって、その時は無性にパチンコを打ちたくなる。あの時の気持ちとは、いつか有無を言わさずにおしまいにされてしまうという不安である。何をやっても無駄ではないか、という絶望である。そうなると、やっぱり、ただひたすら玉を打っていたかった。ガラスにぼんやりと映る自分は情けない姿だったが、そこにしか本当の自分の居場所はないような気がした。そして、玉が出れば、オレはまだ大丈夫だ、という気持ちになった。

そんな連太郎の気持ちは、夕子にはわからなかったが、このままでは、自分たちのつくってきた一切が失われてしまう、ということだけはわかった。預金通帳の金額がなくなるより先に、連太郎の目や耳や舌が鈍くなっていった。何を見ても食べても聞いても、反応することがほとんどなくなっていったのである。それでも、あの銀杏の木のある庭に戻れば、また元の生活に戻れるはずだと思っていた。なのに、休日の遅い朝ご飯を食べながら連太郎が、あの家も古いし、売ってしまって、もっと職場に近いマンションでも買おうかと言い出し、夕子は深く絶望した。新聞の折り込みチラシを見て、思いついたことをちょっと言ってみただけだろう。夕子は返事をしなかった。するかわりに、この家は暑いわね、と言った。連太郎には、もうすでに夕子の顔色を見る余裕はなかった。ランニング姿で団扇をパタパタ使っている連太郎を見て、何て見すぼらしいんだろう、と思った。そして、そう思ってしまった自分が悲しくて、久しぶりに泣いた。誰にも見られないように、お風呂でひっそりと泣きながら、ダメだ、このまま泣き続けていたら、きっと誰かが死んでしまうと思い、止めようと思うが涙は止まらない。連太郎や一樹が死ぬのは絶対にイヤだった。死ぬとしたら自分しかいない。そう決めてしまうと気持ちもおさまり、涙も自然に止まった。

次の日、思ったより早く帰ってきた連太郎に、ごく普通の口調で、

「パチンコをやめられないなら、私を刺して下さい」

と言って包丁を差し出した。

条件反射なのか、差し出された包丁をすんなり握った連太郎は、普段はろくに見たこともなかった、あらわになった夕子の白いうなじをじっと見つめていた。不穏な空気を感じたのか、一樹が連太郎の足にかじりついてきて、連太郎はようやく我に返り、包丁を流しの中に置いた。台所は西向きで、窓から夕陽が差し込んでいた。

「もうやらないよ」

連太郎は無理やりつくった明るい声でそう言った。そして、その言葉通り、連太郎はそれから死ぬまでパチンコ店に入ることはなかった。

家を売るという話も本気ではなかったらしく、その何年か後に銀杏の家に戻った。

夕子は、その後、ほとんど泣かなかったが、一度だけひどく泣き続けたことがあった。ちょうど銀杏が落ちる頃から、その年が暮れて明けるまで、連太郎も一樹もあきれるぐらい泣いた。一樹は十四才になっていた。関西でひどい地震が起こり、テレビがそのニュースばかりになると、夕子はようやく泣き止み、食い入るようにその様子を昼も夜もなく見続けた。ヘリコプターから見た何もかも焼けてしまった街の映像を背景に、最初は十名ほどだと言っていた犠牲者が、何十人になり、何百人、何千人、と数字だけがものすごい勢いで増えてゆく。泣いていた理由がようやく理解できた。理解できたが、あれだけ泣いていたのに何の役にも立たなかったんだ、と思うと辛かった。これだけの人が亡くなったというのに、自分はただ泣くしかなく、今もここに生き残っている。

「夕子のせいじゃないんだから」

連太郎は、最初にこの庭で会った時と同じように慰めてくれた。

思えば、自分は何もできない人間だった。夕子は自分がもう治らない病気になって、相当悪いと知った時、そう思った。自分がいなくなるのは、さほど苦しくはなかったが、何だか中途半端だなぁ私は、と思った。じゃあ何がどうなれば完結するのかと問われると、それは自分でもよくわからない。

一樹は来年高校だし、もう大丈夫だろう。連太郎だって、何とかやってゆくはずだ。でも、自分は何のために、この世に生まれて来たのだろうと、それを考えると気持ちがざわざわする。死ぬのがイヤになる。

もっといいことなんて、たぶんない。いいことは全部、あの家で味わった。繰り返し繰り返し味わった。なのに、ざわざわする。

連太郎が、

「家に帰るか？」

と病室の夕子に聞いた。

「え？　帰れるの？」

びっくりして聞き返すと、

「そういう方法もあるんだって。オレ、勉強したんだ。すごいでしょう」

と自慢した。

銀杏の木が一番よく見える場所に、リースの介護ベッドが置かれていた。畳が傷まないかなぁと夕子は心配したが、それを「ケチくさい」と一樹は笑った。

病院が紹介してくれたホームドクターは、夕子と同じ年の女医さんで話が合った。子供の頃に見ていたテレビ番組も同じで、

「たしか、赤影さんは、その後、魚屋さんになったんじゃないかな」

などと、ヒーロー役のその後のことまで教えてくれたりした。

訪問の看護婦さんに週に二回来てもらい、連太郎は、痰を吸い込む器械に最初はおびえていたが、けっこううまく扱えるようになると、オレ、看護婦になろうかな、ととたんに調子づいた。

夕子がこの家の面倒を見てきたように、連太郎も一樹も自分の面倒を見てくれた。とても丁寧に、慈しむように。庭の銀杏は、もう実が落ちはじめていた。耳をすますと遠くで子供の泣き声が聞こえてくる。ふと、自分が死ぬのを悲しんで、今、誰かが泣いてくれているのかもしれないと思った。そう思うと、心が慰められ、ざわざわした気持ちが静まってゆく。自分が、あんなに泣いたのは、死んでゆく誰かを慰めるためだったのだ。

私は、ここに来てよかったんだよね。夕暮れの中、すっくと立つ銀杏に聞いてみる。今や、銀杏の木と自分に境目は、なくなりつつあった。モノというモノの名前が全て

消え去ろうとしている。いつか、一樹を抱いて庭を見ていた時に感じた、あの不思議な心持ちだった。それは、借りていたものを一切合切、ようやく返してしまったような気持ちのよさだった。

ふいに、昔々の加藤さんの言葉がよみがえる。

「世の中、あなたが思っているほど怖くないよ。大丈夫」

言う通りだったよ、加藤さん。夕子は、後はこの金色に輝く庭だけを見て過ごすんだなぁと思うと、なんだかとても贅沢で、幸せな気持ちになった。

男子会

「寺山（てらやま）です」

とドアの向こうで言われて、岩井（いわい）は「誰？」とあわてた。もちろん、「寺山」がテツコの名字だとは知っていたが、こんな遅い時間に男の声で言われて、しかも年配の声だったので、そんなことは思い出しようもなかった。

　返事がないので、もう一度、

「寺山連太郎（れんたろう）です」

とドアの向こうの男は、今度はフルネームを名乗ったが、岩井はよけいに混乱した。

するとと男の方もそうなのか、焦った声で、

「ギフ、テツコさんの義父です」

とあわてて言い足し、岩井はようやく、

「あぁ、テツコさんの」

とドアを開けた。

　出張帰りなのか、旅行鞄にコートを着たギフが立っていた。足元にどうやって運んできたのだろうと思うほどの数のダンボールの箱があった。

「ちょっと、いいかな？」

とギフは、伸び上がるように奥をのぞく。

「いいですけど」

　岩井が、状況を飲み込めずにいると、ギフは「悪いねぇ」と、とりあえずダンボールの箱を小さな玄関に入れ始めた。数が多いので岩井も裸足で出てゆき手伝った。かなり重く、

「これ、何です」

と聞くと、

「ああ、水です」

と当然のようにギフは運びながら答えた。

　それを全部運び入れると、玄関は水のダンボール箱でふさがれてしまい、ギフはそ

の横を何とかすり抜けて部屋へ入ってくる。そして、コートを脱ぐと、正座してきれいにたたんだ。

「何ですか、今頃」

もう、夜の十一時近くである。今までに四回ぐらいしか会ったことのない人が来る時間ではない。そのうちの二回は挨拶だけで話もしなかった。残り二回は、ギフの家と居酒屋でテツコと一緒に三人でメシを食ったが、その時もお互い趣味が合うわけでもなく、黙って酒を飲んでいただけである。

「出張の帰りですか？」

岩井がギフの荷物に目をやり言うと、

「あぁ」

と言って、自分の鞄をなでた。

「実は家出しました」

ギフは、そう言ってしまうと気が楽になったのか、芝居がかったしぐさで、頭を畳につけて、

「こちらに、泊めていただけませんでしょうか」

と顔を伏したまま、くぐもった声で言った。

だ。

「いや、家出って」

岩井は驚いて、そう言ったきり、絶句してしまった。

ギフは、顔を上げ、

「理由ですか？　理由ですよね」

と何か言おうとするが、うまく説明できないのか、頭をかいてまた黙ってしまった。

とにかく、テツコさんには、ここに来たことは内緒ということで、とぼそぼそ言った。理由はわからないままだが、時間も遅いので泊まってもらうことにして、岩井の母親が無理やり送りつけてきた客用布団を引っ張り出した。ギフは枕や布団にカバーを付けるのが、なかなかうまく、

「ここは、私がやりますから」

と言われたので、岩井は寝床の用意はギフに任せて、下のコンビニにビールを買いに下りた。

その夜、ビールを飲みながら二人はぼそぼそ話したが、結局、ギフは家出の理由を話さず、岩井が目覚めると、早朝に出社してしまったのかもういなかった。布団は押入れにちゃんと片付けられていて、大きな荷物は置いていったので、当分、ここにいる腹づもりなのだろう。

　岩井は出勤すると、さっそくテツコの様子を見にいったが、いつものようにしかめっ面でパソコンに向かい、ボールペンで頭をかいていた。一見、何も変わったところはなかった。立ち上がったテツコは岩井を見つけて、

「何してるの？　こんなところで」

と寄ってきた。落ち込んでいるようにも、怒っているようにも思えない表情だった。

　岩井が、どうやって聞き出そうかと思案していると、テツコの方から声を低くして、

「ギフ、家を出ていっちゃったんだよね」

と言った。まさしく、その話を聞きたかったわけで、

「何で？」

と思わず聞くと、

「それがさぁ」

とテツコはさらに声を落とし、言った。

「女の人のところ、行ったみたいなんだよねぇ」

　岩井は「へっ？」という口の形になったまま、大声を上げそうになるのを必死に抑えた。

「私ね、こそこそ電話してるの聞いちゃったんだよね。あれ、絶対、女だと思う。向

こうは何か困ってるらしくて、ボクに任せて下さい、みたいなこと言ってるわけ」

岩井は、いくつも積み上げたダンボール箱を思い出した。あの水はまだ、玄関に置いたままだった。

「電話切った後、妙に張り切ってさ。お風呂入った後、突然、肩甲骨きたえはじめたりしてたんだよねぇ」

「何で肩甲骨？」

「知らない。どこかで聞いたんじゃない？　若返りのストレッチだと思う」

「家、出て、どれぐらいなの？」

「今日で二日目。ケータイ、つながってるんだけど出ないんだよねぇ。ずっと留守電も残してるんだけど、返事なし」

「女かぁ」

岩井が心の底から感心していると、

「悪い女にお金しぼり取られて、あげくの果て、レンタンで殺されてたらどうしよう」

と冗談とも本気ともつかない顔で言う。

「それは大丈夫」

岩井は、断言するには早すぎたか、と焦ったが、その言葉を聞いてなかったのか、

「ケーサツに言うのも、大げさでしょ？」

とテツコは真面目な顔で岩井を見た。何か期待されてるような気持ちになって、

「わかった。その件はオレに任せてよ」

と岩井が言うと、テツコはケッという顔になり、

「ギフと同じこと言ってるよ」

と言った。そうか、ギフも女性に弱いところを見せられて、浮足立ったんだろうなぁと岩井は想像する。


そうは言うものの、テツコは岩井の言葉が嬉しかったようで、

「でもよかったぁ、私一人じゃどうしようもなくてさ」

よほど心細かったのだろう、ほっとしたようにそう言った。そんな様子を見せられると、岩井の方もちょっと張り切って、

「オレ、そっち系はいろいろコネあるし、たぶん居場所とかすぐわかると思うよ」

そっち系が何を意味するのか、言ってる本人もわからないが、とにかくいかにも頼もしい男に見えるよう胸を反らした。何とかギフに帰るよう説得すれば、それで済むと思っていたのだ。

しかし、ことは岩井が考えているような単純なものではなかった。

家に帰ると、水の入ったダンボール箱は、部屋の奥へと移動させられていて、玄関には別のさらに大きく平べったくて厳重に梱包されたものが立てかけられていた。

「何なんだ、これは」

と奥に入ってゆくと、さらに居間にも同じような、こちらは人が何人も入れそうな荷物が四つほど無造作に置かれていた。

「何じゃ、こりゃ」

岩井が大声を出すと、大きな荷物の間からギフの頭が出てきて、

「すみません」

と恐縮して謝り、

「ボクも、こんな大きなものが来るとは思ってなくて」

と途方にくれた声で言った。

「中、何なんです?」

「カグです」

「カグ?」

意味がわからず岩井が聞き返すと、玄関の平べったいのを指して、

「テーブル」

自分を囲んでいる四つの包みを指しながら、「整理ダンス、食器棚、イス、イス」と言った。

「そんなもん、どーするんです？」

「さぁ、それだよ」

ギフはうなだれ、また家具の中に埋まってしまった。

「とにかく、とにかくです。事情を聞きましょう」

と岩井が言うと、

「もっと広いとこで話そうか」

とごそごそと荷物の間から這い出してきて、ひからびた顔で「ビール飲みてぇ」とつぶやいたので、近くの「焼き鳥ゲンちゃん」へ行くことにした。そこで少しずつ話したのを聞いていると、ギフの、と言うべきか岩井のこの災難の元は、テツコのにらんだ通り、女だった。

その女は、最近、北欧の家具の店を始めたらしい。

「若いのに店主なのよ、三十代後半って言っていたけど、ぱっと見は二十代？」

とギフは語尾を上げた。一ヵ月ほど前に通い始めた書道教室で会ったらしく、帰りの電車が一緒で、仕事の悩みとか、いろいろ相談にのっていたそうである。最近、恋人と別れたと言い、その話も親身に聞いてやっていたそうである。

「でね」

言ったきり、ギフは黙ってしまい頭を抱えた。抱えたまま、

「二人で旅行したいって言われましてね」

頭を抱えたままギフはそう言った。

「旅行ですか？」

「温泉」

「ああ、温泉」

ギフは顔を上げ、ひとつひとつ思い出すように言う。

「温泉だけど、オシャレな宿でしたよ。ジャズとか流れてて、ベッドがあるのは洋間なんだけど、それに畳が違和感なく続いていて、あれ、何風って言うんですかね」

「和モダンですか？」

「ああ、そんなのあるんだ。でね、部屋ごとに露天風呂がついてましてね。その露天風呂がね、ガラス張りで部屋から見えましてね、その向こうが冬の景色で、雪のかかった小枝が風に揺られて、その窓をこつこつ叩いたりするんですよ」

岩井がじっと固まって聞いているのに気づいて、

「いや、言っときますが、ボク、別に何もしてませんからね」

とあわてて言った。岩井がおもむろに口を開いた。

「よくわからないんですけど、最初は相談されたんですよね、いろいろ」

「そう」

「で、温泉行こうってことになったんですか?」

「うん」

「フツー、そこんとこのライン越すのって、非常に難しいじゃないですか」

「うん、そうだね」

「なのに、相談、そして温泉?」

「うん、そーなったね」

「そこんとこの飛躍が、オレにはちょっと」

「いや、わかる」

言いたいことはわかる、とギフは身を乗り出した。

「ふだんは、そんなことないと思ってるんだよ、私も。でもね、世の中には、うまくやってる男っているじゃない? 百パーセントないって言えないわけです。二パーセントぐらいは、そーゆーうまい話もあるかもしれないわけでしょ?」

「まぁ、そーですね」

「その二パーセントにぶち当たったのか、オレは?と思ってしまったわけです」

「あー」

我ながら頭の悪そうな声で岩井は何となく納得する。

「ボクも正直、よく覚えてないんです。向こうは別れた恋人の悪口を延々としゃべり続けていて、こっちも、うんうん、そりゃ向こうが悪いね、とか言ってたはずなんです。なのにいつの間にか、二人で温泉に行く約束になっていたというか」

「で、行ったんですか?」

「行っちゃいましたねぇ」

ギフは深くうなだれ、ゲンちゃんスペシャルと呼ばれる巨大な焼き鳥を、じっと見つめたまま、

「とことん行っちゃいました」

とため息をついた。

「で、何で、水なんです?」

岩井が話の先をうながすと、

「水は後、ずっとずっと後。先に家具です」

とギフは岩井を見てうなずいた。

温泉旅館に着いて、さぁ、くつろごうかという時、女は突然、さめざめと泣き出したそうである。その泣き方がよくなかったとギフは言うのだった。死んだ妻の泣き方とよく似ていたそうである。

「私、号泣されると親しみがわくんですよ」

背中をなでたり、水を飲ましたりしていると、突然、女が振り返り、

「私の店、このままじゃ倒産するんですぅ、在庫の倉庫代も今月、このままじゃ払えないんですぅ」

とギフにすがりついたらしい。

じゃあ、お金を貸そうかと申し出ると、それじゃあ悪いとまた泣き出す、その繰り返しで、どうすればよいのかほとほと困っていると、じゃあ家具を買って下さいと言われ、何だそんなことかと言って、わかった買うから大丈夫だよと慰めたらしい。

男の人って、その場さえ治まれば、どんなことだって、とりあえず言ってしまうんだよね、と岩井はテッコに言われたことがあるが、ギフはまさにそうだったらしい。

「じゃあ、あの荷物、全部、買ったんですか？」

ギフはうなずくと、

「そこから、素早かったんだよなぁ」

と一人感心した。

女は、じゃあ、一日も早い方がいいから、今から店に戻って手続きしてくれと言い出した。いやいや、帰りにあなたの事務所に寄りましょうと言うのに、今じゃなきゃイヤだと女は言い張る。気持ちが落ち着いてから、二人でゆっくり温泉につかりたいって、もうそればっかりで、結局、着いたばかりだというのに、取って返した、と言う。

「マジですか？」

あきれて、岩井が聞くと、ギフがこくりとうなずき、で、勧められるまま、家具のカタログを見せられて、あれよあれよと言う間に五点買ってしまったそうである。しかも、それは一点ものアンティーク家具であったらしく、ギフが考えていた値段より、倍ぐらい高かったそうだ。

「現物見たわけじゃないんですか？」

「何もない事務所みたいなところでね、電話とカードを決済する器械みたいなのがあるだけで、そこでカードで一括払い」

「一括ですかぁ」

　そりゃ、分割で、とは言えないよなぁ、と岩井は同情した。

「で、いくらだったんです？」

と岩井が聞いたが、金額だけは言いたくないらしく、ギフは言葉をにごして、結局、最後まで言わなかった。口にするのも悔しい、相当な金額だったのだろう。

「でも、配送先、家にするわけにいかないじゃない？」

　そりゃ、そーだろう、もし自分がギフだったら、テツコにどう言い訳すればよいのかわからない。

「で、とっさに岩井君の住所書いちゃったんだよねぇ」

　手帳に、テツコに出した年賀状の住所を几帳面に書き写していたらしい。何かあった時のためだと言い、

「本当に何かあったわけですが」

と頭をかいた。

「そんなぁ」

と岩井が情けない声を上げると、

「だよねぇ」

と他人事のようにギフは言い、

「ゴメン」

と頭を下げた。

「どーするんですか？」

その先のアイデアはないらしく、話がそこまでくると、ギフの体はその場で崩壊して、「う〜」とか「あ〜」とか、うめくだけだった。

「水はどうしたんです？」

岩井が思い出して聞くと、水と聞いて、ギフはむっくり体を起こした。

「それが、向こうの作戦」

ギフは、天井をにらんだ。

「男の人がうちに来ることないから、ついでに頼んじゃおうかなぁ、とかうまいこと言って、水を買いに行かされたわけです」

エレベーターのないビルだったので、なるほど女一人では大変だろうと、言われた通り、水を三パッケージ箱買いして、もちろん運べないから台車を借り、ビルの入口で水を下ろして、酒屋に台車を返しに走り、またビルに戻って、今度は一箱ずつ運んだそうである。まことにけなげな話である。

「そしたらですよ」

ギフの目は、酒のせいかすわっている。

「ないんですよ、その彼女の事務所が」

そこだと思っていた部屋は、別の名前の会社で鍵がかかっている。自分が階数を間違えたのかと思い、別の階を見にゆくが、どこも違う名前の会社で、彼女の事務所はこつぜんと消えていたそうである。

「詐欺ですよ、それ」

と岩井は憤慨した。

「そうなんです、詐欺なんです」

「で、警察へ行ったんですか？」

「いやそれがですね、そーなんですけどね」

ギフは、そんな状態になると、というかそんな状態だからこそ、彼女を信じたいと思うもんなんです、と力説した。そして、もしかしたら先に温泉に戻ってしまったと思ったのだそうだ。

「な、わけないじゃないですか」

「でしょ？　ですよね。ボクも今なら、そう思う」

でも、その時はそのままにできず、水の箱を駅のロッカーに預け、その作業だけでもひと苦労だったらしく、へとへとになりつつ列車を乗り継いで温泉旅館へ戻ったそうである。

「もちろん、その女、いませんよね？」

「はい、いませんでした」

その女が予約したオシャレな宿で、一人で露天風呂に入り、一人で豪勢な食事を取り、一人で眠って、一人で朝食を取った。それだけの膨大に考える時間があって、やっとだまされたとわかったそうである。

「でも家具は送ってきたわけだし、これってサギなんですかね？」

岩井がそう言うと、ギフは「そうなんだよねぇ」と肩をすぼめた。

岩井は焼酎のお湯割りを、ギフはビールのお代わりを店員に頼んだ。飲むべきものも、言うべき言葉も見つからず、二人は目の前の空(から)のグラスを見つめ、手持ち無沙汰に黙るしかなかった。

「どうしますか、今晩」

岩井が口を切ると、

「今晩って？」

「ボクたちの寝る場所ですよ」

「ああ」

たしかに狭い部屋に、あれほどの荷物が詰まっていては、一人分の布団を敷く場所もない。

「とりあえず、帰ります」

しばらく考えた後、ギフがそう言った。

「ボクはどーするんですか？」

岩井があわててそう言うと、

「だから、私と一緒に帰りましょう。家に泊まればいいじゃないですか」

と、こともなげにギフが言い、岩井も、マンガ喫茶で寝るのは、この年になるときついので、結局そうするしかないか、と納得した。その後、テツコへの言い訳を二人で考えた。

「テツコさんは女が原因だとにらんでるみたいです」

と告げ口すると、ギフは、

「それはダメ、そこは何とか、ナニしましょう」

とあわてた。酔いの回った頭で、あーでもない、こーでもないと考えているうちに終電が近づき、言い訳の設定は固まりきっていなかったが、二人は一旦、岩井の部屋に帰って、スーツに着替え通勤鞄を抱えて、電車に飛び乗った。

岩井がギフを連れて帰ってきた、ということにして家の鍵を開けると、テツコはまだ起きていて、本当に岩井が連れ戻してくれたことに驚いた。何枚も重ね着してもこもこになったテツコがストーブをつけてくれ、

「どうやって見つけたの？」

「どこにいたの？」

と間を置かずに聞いてくる。そんなことさえ、ギフと岩井は、しどろもどろで答えられない。こちらがあやふやな質問には、岩井が適当にウソをついて、ギフが「そうそう」とうなずくことになっていた。しかし、岩井は思いのほかウソが下手で、テツコの質問は細かいところにまで及び、結局、話のつじつまを合わせるために、いつの間にかギフは一時、記憶喪失になっていた、というウソみたいな設定で乗り切った。

「えーッ、大丈夫なの？　病院行った方がいいよ」

テツコは心配したが、二人は、

「いや、そういうことよくあるらしいよ」

と何とかやり過ごそうと必死であった。

「でも、よかったよ。女にだまされたんじゃなくて」

テツコが最後にぽつんと言い、その言葉にギフと岩井は凍りついてしまった。テツコは、そんな二人をよそに、さっさと布団を敷きにゆき、岩井とギフは顔を見合わせ、お互いの芝居のまずさにため息をついた。

ギフの部屋で、枕を並べ二人はようやく布団に入った。見慣れない天井を見ながら、岩井が、

「結局、何も解決してませんよね、オレたち」

と言った。たしかに、ものすごく長く話し合った気がしたが、荷物はそのまま岩井の部屋に置かれているし、テツコにはウソの上塗りをしただけで、事態はさらに複雑になっているだけのように思えた。

「手詰まりって、こーゆーことを言うんだよねぇ」

とギフが感心したようにつぶやいた。何だか長い一日だった。

「岩井君がテツコさんと結婚してくれたらなぁ、あれ、嫁入り道具ということになって、全てうまくゆくのになぁ」

とギフは岩井に聞こえるぐらいの声でひとり言を言った。そんなことのために結婚できるわけないし、大体、テツコが自分好みでない家具を押しつけられて黙ってるわけ

がない、と岩井は思い、聞かなかったことにして眠ったふりをした。ギフはなおも、

「いいアイデアだと思うんだけどなぁ」

と言うので、ニセのいびきを立ててるうちに本当に眠ってしまった。さすがに、ギフは眠れないのだろう。岩井のいびきの合いの手のように、ギフの大きなため息が、絶妙の間で入る。どうしようもないのに、あれこれ考えては、いやいや違うと、頭の中は行ったり来たりしていた。そして明け方近く、どこでどのようにつながっていったのか、

「温泉玉子」

と消え入るような声でつぶやき、ようやく眠りに落ちていった。

ギフの家の朝食はトーストだった。岩井は家の雰囲気からいって、当然、ご飯と味噌汁と思い込んでいた。

「そんなメンドーなこと、するわけないじゃん」

マグカップを運んできながらテツコが言う。ギフは、ガスコンロに金網を敷き、そこでパンを焼いていた。これはね食パン用の金網で京都で買ってきたんだ、と自慢した。ギフはパンの世話をしながら、コーヒーをいれている。その横でテツコがリンゴをむいている。二人の動きは手慣れていて無駄はなく、岩井が隙をみて手伝おうとす

ると、

「いいから、向こうで新聞読んでて」

とテッコに追い払われる。

朝ご飯が座卓に並ぶと、当たり前だが、岩井の食器だけ客用なのか違っていて、ちょっとそのことを寂しく思う。テッコは無言で瓶詰の海苔の佃煮とバターナイフを渡すと、ギフはそれを、すでにバターを塗ったトーストの上にぺたぺた塗り始めた。テツコはテツコで、テレビを見ながら、こちらは練りウニをパンの上に塗っている。何だか熟年夫婦の朝食風景のようだ、と岩井はパンをかじりながら、そう思う。

庭を見ながら、こんなふうに遅い朝ご飯をとっていると、旅行に来ている気分だった。ゆっくりと時間をかけて、朝ご飯を食べてしまうと、ギフは庭の手入れを始め、テツコは皿やらカップやらを、自分のリズムで片付けはじめる。

「あの、それ、オレが」

おずおずとテツコの運ぼうとしている食器を指さすと、

「じゃあ、お願いしようかな」

と食器を重ねたお盆を岩井に渡し、自分は洗濯機から洗濯物を取るために部屋を出て行った。

草を引いているギフの横で、いつの間にか庭に下りたテツコが、パンパンとシャツをたたきながら物干し竿に干している。暗い部屋から見ると、家の中のものは逆光で全てが暗い影となっているのに、表だけは強烈に明るかった。岩井は台拭き用の布巾を握ったまま、明るい庭で二人が動いているのを、映画みたいだと思った。テツコが、なぜこの家に居続けているのか、ようやくわかった気がした。そして、ギフがあんなに頭を抱えて困っていたのは、この生活を失いたくないからなんだ、ということもわかった。自分がテツコに結婚しようと一方的に言い続けてきたことは、無神経なことだったのかもしれない。この生活に自分の入り込む隙など、どこにもないのではないか、と岩井は思った。

食器を洗うのは、手のひらの大きさのアクリル毛糸で編まれたものだった。テツコが編んだのだろうか。それは赤いリンゴに緑の葉っぱがついていた。食器用の洗剤は、緑色の瓶に詰め替えられていてメーカーはわからなかったが、オレンジの香りだった。茶碗を拭く布巾は、昔ながらの手拭いで、「金井米穀店」とか「朝日町二丁目町内会」と染められていて、何度も洗っては干して使っている風情で、台所の棚に、きれいにたたまれて重ねられていた。

食器を洗ってしまって、やることがなくなり、岩井がぼんやりしていると、ギフが手招きをしているので、テッコに気づかれないよう、さりげなく自分も庭に下りた。テッコは居間に掃除機をかけている。ギフの横にしゃがみ、岩井は見よう見まねで雑草を引いた。

「これから、どーしよ？」

ギフもテッコをうかがいながら、そっとささやく。

「とりあえず、あの家具ですよ」

五点もあるし、と岩井が今さらではあるがグチると、ギフは思い出して暗い顔になり、

「そーなんだよなぁ」

と、草をグイッとむしり取った。

「正直に言いますか？」

「え？」

ギフはしばらく考えて、

「言っちゃうの？」

と情けなさそうな顔になった。

「だって、長い間一緒に住んでるんだし、ばれても笑い話で済むんじゃないんです

か?」

「甘い」

「一緒に住んでいるからこそ、絶対に秘密にしたいことがあるんじゃない」

「そんなもんですか?」

「テッコさんにだって、ボクらに秘密にしてること、絶対にあるはずだし」

「えー」

と岩井は思わずテッコの方を見た。そんなものがあるようには見えなかった。

「岩井君には、今は見えないかもしれないけど、これが一緒に住みだすと、わかるもんなんです」

テッコは、鼻唄を歌いながら茶箪笥の下に掃除機の口を突っ込んでいる。本当かなあ、岩井がギフを見ると、

「女は秘密だらけだから」

とうなずいた。

「ボクだって、実は植毛してるし」

「えぇッ」

岩井が驚くと、

「いや部分的にだけどね」

とあわててギフが言う。

「だって、ほら、ボクはテレビとかに出る人間だから」

岩井は、どの辺だろうとギフの頭部をじっと見ながら、

「そんなの、家族に秘密でできるもんですか？」

と聞くと、請求書とか会社に送ってもらったりしているんだ、と説明した。これって何だろうねぇ、とギフはため息をついた。

「老いてゆくのを見せたくないんだよね。テツコさんにだけは」

岩井が固まっていると、

「あ、恋愛感情とかじゃないからね。つまり何ていうか、たぶん、テツコさんも同じなんじゃないかな」

「何がです？」

「見せたくないんじゃないかな」

岩井には、テツコが見せたくないものなど、想像もつかなかった。

「再婚して、子供産みたいとか、そういう願望、絶対に言わないんだよね」

テツコはゴミを捨てに行ってしまったのか、居間にはもういなかった。

「本当は、この家を出て、そういう生活したいんだと思うよ。でも、今ののんきな生活を壊すのもイヤなんだよ」

そして、ギフは自分もそうだと言った。年をとってテツコさんに面倒を見てもらうのもイヤなのだ。ずっと変わりなく、このままでやってゆきたいのに、二人とも中途半端な関係のまま、いやがおうでも年をとってゆく。それを認めたくなくて、まだ自分は若いと思いたくて、あるいはテツコさんとの生活から、これでうまくフェイドアウトしてゆけると思いたくて、あんな女にだまされたんだと思う、とギフは言った。

「どこかの時点で、この生活をやめないとダメなんだ、ということだけはわかっているんだけど、居心地よくてね」

ギフは、何もかも白状して、気分が楽になったのか明るい声だった。

「一樹が生きていてくれたら、私も気兼ねなく年をとることができたのかなぁ」

とギフは、銀杏の木をさすった。

一樹を入れた三人の生活が、ここにはあったんだよなぁ、と岩井は思い、それはたやすくイメージできた。そして、一樹の代わりを自分がやるというのは、どう考えても違うような気がした。人間関係というのは、方程式のように、どんな数字を代入しても成り立つ、というようなものではない。この家の三角形の一辺が突然消滅してしまった。なくなったのに、まだそこにあることにして、何とか保ってきた三角形なのだろう。

「いや、一樹が生きてても、やっぱりジタバタしてたな、オレは」

ギフは岩井というより銀杏の木に向かってそう言った。


とにかく家具を何とかしようと、岩井はギフと相談し、ネットオークションで売ることにした。その写真を撮るために梱包をほどくと、あまり見たことのない洒落たデザインで、こういうのを好きそうな友人たちに写真を送ると、何人かが欲しいと言い出し、とんとんと話は進んで、ギフがしぶしぶ自己申告した、ほぼ同額のお金を回収できた。

思ったより早く家具はなくなり、岩井はその間、十日ほど寺山家にいたが、売れてしまうといる理由がなくなり、自分の部屋へ戻ることにした。

テツコは、ずっと岩井が泊まっていたのは、家出のわだかまりを少しでもやわらげたく、ギフが頼み込んだのだろうと、勝手に思っていたようで、いよいよ帰るという日、長い間ゴメンねと頭を下げた。

テツコは、銀杏を割ってくれた。岩井に持って帰らせる分である。岩井さんは銀杏割り器なんて持ってないでしょ、とひとつひとつ、爪を切るように割ってくれる。

「テツコさんは、どうなりたいの？」

と岩井が聞くと、

「どうって？」

と銀杏に集中したまま言った。

「この家で、ずっと暮らすの？」

「さぁ、どーだろう」

テツコは少し考えて、

「もう体がさ、ここでないと無理なんじゃないかなぁ」

と言った。

「たぶん、マンションとか、一人で住むの、無理のような気がする」

そう言って、固い殻を少しだけ割って、口が開いた状態のを適当に袋に入れ、食べ方を岩井に教え、鞄に押し込んだ。

テツコが言っていた意味は、自分の部屋に戻ってしばらくすると、岩井にもわかってきた。ここはただ眠ったり食べたりする場所だということが、いやおうなく思い知らされる。仕事をすることをベースにした、そのために合理的につくられた空間なのだと、岩井は思った。そうなのだ、ここには暮らしというものが一切ないのだ。それを、これから自分一人でつくらねばならないのだろうか。だとしたら、それは気が遠くなるような作業に思えた。ギフの家には暮らしがあった。それはおそらく、そこに住んできた人たちが何年もかけてつくり続けてきたものなのだろう。

「寺山です」

ドアの向こうでギフの声がしたので、岩井があわてて開けると、仕事帰りの姿で立っていた。

「よかった、帰ってて」

「どーしたんです？」

「テツコさんが家を出ました」

「まじっすか？」

岩井は、ギフを部屋へまねき入れた。台所の隅に置かれたダンボールを見て、

と言った。

「おっ、まだ水がある」

「すみません。まだ飲み切れなくて」

「いやいや、水まで押しつけちゃって、悪かったね」

「テツコさん、いつからいないんですか？」

「日曜に、従兄弟に車に乗せてもらって、どこかへ出かけてましてね、その日は帰ってきたんだけど、次の日から急に姿を消してしまって」

そう言えば、岩井は会社でテツコを見ていなかった。

「連絡したら、有休だって」

「有休取ってるんですか？　なら大丈夫ですよ。旅行にでも行ってるんでしょう」

「何も言わずに？」

「こないだの仕返しかな？」

ギフは、そう言われると黙ってしまった。

「ウソですよ。心配しなくても大丈夫ですって」

「いや、それがさ」

ギフは暗い顔をして、

「もう戻ってこないかもしれない」

と言った。

実は電話で、一緒に出かけたおいの虎尾を問い詰めたと言う。テッコは一樹のお骨をずっと持っていたらしいが、それを墓へ返しに行ったんだと白状した。

「それって、もう一樹のことは忘れたいってことですよね？」

そうギフに言われ、岩井は何と言えばよいかわからず、

「ケジメですかね」

とつぶやいた。

ギフと岩井は、黙って座ったまま、それぞれが考えをめぐらせたが、肝心のテッコが何を考えているのかわからなかった。

「とにかく、帰ってくるまで待つしかないんじゃないですか」

と岩井が言った時、ケータイが鳴って、それがテッコだとわかると、二人はテッコがそこにいるわけではないのに、大いにあわてた。とにかく、岩井が電話に出ると、いつものテッコの声で、

「そっちにギフいる？」

と聞いた。条件反射的に、

「いる」

と答えてしまうと、

「じゃあ、そっち行く」

と切ってしまった。

「何？　何て言ってた？」

とギフはおびえる。

「テツコさん、来るみたいですよ」

「いつ？」

「今から」

「何しに？」

「さぁ」

とにかく、二人して、水の入ったダンボールをなるべく目につかない場所へ移動させた。よく考えれば、そんな必要はないのだが、うしろめたい二人は、その上に脱ぎ捨てた服をかぶせたりした。まだ何か証拠は残っていないか、辺りを油断なく見すましていると、

「テツコです」

という声がして、岩井は最後の指さし点検をしてひと呼吸おき、注意深くドアを開けた。

テツコは、入ってくるなりギフを見つけると、
とかくれんぼうの子供を見つけたように無邪気に言った。

「ほら、ここにいた」

「どこ行ってたんだよ」

岩井が聞くと、ギフはその後ろから首だけ出して、

「そーだ、そーだ、心配するじゃないか」

と言った。

「ギフだって黙って出ていったじゃないですか。これでおあいこ」

それを言われると、ギフはしゅんとなる。

「どこ行ってたんだよ」

岩井がもう一度言うと、テツコは「はい」と紙袋を渡した。京都の店の名前が入っている。岩井はそれをめざとく見つけた。

「京都、行ってたの？」

うん、とテツコはうなずいて、

「超、寒かった」

と言った。

紙袋の中身は、茶碗だった。

「何でまた、茶碗？」

と岩井が言うと、それを見ていたギフが「あ」と小さく叫んだ。

「岩井君の茶碗、買いに行ってたのかぁ」

岩井は、何だか見覚えがあるような気がして、食器を上から見たり、ひっくり返したりしていたが、そうだ、これはテツコとギフが普段使っている茶碗とよく似ている、と気づいた。

「今度来る時は、それ持ってきてね」

一緒にご飯を食べた時の、ちょっと寂しかった気持ちを思い出し、岩井は頭をかいた。

テツコはギフの方を向き、あらたまった様子で、

「お義父さん」

と言った。お義父さんなんて呼ばれたのは初めてだったらしくギフはギョッとなって、おびえたような顔になったが、観念して座り直した。

「もういいよね。一樹は死んだってことで」ギフは、うんとうなずいた。

「もう、ここにいないってことで、もう、そういうことで、いいよね？」

ギフは、うんうん、とうなずいた。

そのまま三人が、黙って座っていると、電球がバカになっているのか、照明がチカチカと点滅した。ギフが見上げて、

「一樹もそれでいいと言っている」

と言った。


それから岩井は、たびたび茶碗を持ってギフの家にめしを食いに行ったが、それを食器棚に入れることはなく、また律儀に持って帰ってくる。そして行くたびに、家の仕事を覚えてゆく。洗濯物のたたみ方。庭の掃き方。どこの肉屋がひいきか。少しずつ知っていくのが楽しみだった。

酔っぱらったギフが饒舌(じょうぜつ)に人生を語る。

「人は変わってゆくんだよ。それは、とても過酷なことだと思う。でもね、でも同時に、そのことだけが人を救ってくれるのよ」

飲みすぎだよ、と言うテツコもまた酔っぱらって上機嫌だった。岩井もまた、今夜は少々飲みすぎたせいか、何を見てもやたらおかしく笑ってしまう。自分の部屋が家具で一杯になったことや、ギフと二人で大あわてでスーツに着替えて終電に飛び乗っ

たことなど、今となっては本当にあったことなのかなぁと、ぼんやりした頭で思う。本当にあったことでも、いずれそれは記憶の中で、曖昧になってゆくだろう。本当かどうかなんて、どうでもいい気がした。そういう記憶をまといながら、どこへ行くのかわからないけど、オレはゆるやかに変化してゆくのだ。それでいいじゃないか。岩井は、そう言いたかったが、何しろ酔っぱらいに向かって、酔っぱらいが言うことなので、単なるわめき声にしかならなかった。

テツコが雨戸を閉めるため、ガラス戸を開けると、居間に冷たい空気が入ってきた。三人は、しばらく、夜の庭の冷たい空気に体をゆだねた。さっきまでの熱気や、酒の匂いがたちまち消えて、ひんやりと静かな夜だった。岩井の体の中に、それでいいという感じだけが、いつまでも残っていた。

一樹

「明日のパン、買ってきて」

と夕子に言われ、本から顔を上げ、一樹は「ええっ」と顔をしかめた。

「ここ、読んじゃってから」

なおも読み続けようとしたが、容赦なく本を取り上げられてしまった。主人公が、ようやく「影」と呼ばれる敵を追い詰め、さて、どうなるかというような、いいところに限って、母親はそんな用事を言いつけるのだ。行くと言ってないのに、一樹に赤い財布を握らせて、

「いつものやつね」

と追いやられる。

一樹はしかたなく立ち上がり、

「アイス、買っていい？」

と聞くと、冷蔵庫に、肉やら野菜を詰めながら母は、

「私、ピーチ」

と叫んだ。

玄関を開けると雨が降っていた。「あー、めんどくさい」と思いながら、自分の傘を探したが見当たらない。しかたがないから、母親の水玉のを傘立てから抜いて家を出た。

子供って損だなぁとつくづく思う。自分が買い忘れたんだから、自分が行けばいいのに。だいたい、自分は朝にパンなんて食べたくないのだ。朝、起きると、だいぶん前に焼いたパンが、しなっとお皿にのっかっている。その情けない姿のパンに、バターを塗ろうが、ジャムを塗ろうが、少しもおいしくない。何のために、毎朝あんなものを食べなくてはならないのか、わけがわからない。弁当も、時々、ヘンなのが不意打ちのように登場する。到来物（とうらいもの）の巨大なマツタケの佃煮を、そのまんま、ドーンッとご飯の中に埋めてあったりするので、みんなに爆笑される。母のつくる弁当は油断ならない。なので、弁当のいる時はぎりぎりまで黙っていて、その日の朝になってから

言うようにしている。母は昼食代を渡しながら、「なんでもっと早く言わないのよ」と怒るが、お母さんのつくるものが恥ずかしいんだよ、と本当のことを言ってしまうと、いろいろ修復不能になるので黙っているのである。

母がつくるものは、どこかぶかっこうで、流行おくれなのだ。服だって、みんなが着ているようなのは着せてもらえず、親戚からのお下がりの、古いセーターやズボンを直したものばかりだった。世の中は、今までになく景気がよかったので、古いものばかり着ている一樹は浮いていた。そうなると、自然と人とかかわらず、休み時間などは本を読んで過ごすような子供になってしまった。とにかく、一人が一番気楽だった。一日、一度もしゃべらずに学校から帰って来ることもあった。一樹は、そんな子供だった。

傘をさして歩いていると、気持ちが落ち着く。自分の傘に雨粒がはねる音が美しく、そう思うのは、もしかして自分だけかもしれないと思った。しかし、傘の中に一人でいると、そのことを恥じる必要もない。自分の場所がはっきりとわかる雨の日が好きだった。

いつものパン屋で、五枚切りを一斤買い、それを雨に濡らさないよう注意深く歩いていると、突然、後ろからばしゃばしゃと水たまりをけちらす音が近づいてきて、お

かっぱ頭の小学校低学年ぐらいの女の子が、

「入れて下さい」

と傘の中に飛び込んできた。

一樹が驚いていると、女の子も驚いた様子だった。傘の柄が婦人物だったので、女の人だと思い込んでいたのだろう。でもすぐ、人懐っこい顔でニッと笑ってみせた。

よく見ると、その子は、子犬を抱いていた。女の子は、子犬が濡れないよう、不自然な形に体を傾け、一樹の歩調に合わせながら、一生懸命ついてくる。女の子の濡れた髪から、汗の匂いなのか、蒸気のような何かがむわっと傘の中に広がり一樹の顔にかかってくる。運動靴に雨水が入ったのか、歩くたびにキュッキキュッと音がして、それが女の子の弾む息と同じリズムで、傘を持つ一樹にぴたりとついてくる。

「この傘、いい音がするね」

女の子が、一樹を見上げて、大人びた様子でそう言った。下からにらむような黒目がちの目で、

「私のも、いい音なんだよね」

と自慢した。女の子は、かすかにカレーの匂いがした。

「今日のお昼、カレーだったの?」

一樹が聞くと、女の子はへへと笑って、

「ゆうべのカレー」

と歌うように言った。

「その犬、何て名前？」

一樹が尋ねると、

「まだ決めてない」

と、女の子は子犬を優しくなでた。

「ふーん、そーなんだ」

「お兄ちゃんが持ってるのは、何て名前？」

女の子は、一樹が大事そうに持っているパンを見て聞いた。一樹は、ちょっと考えて、

「明日のパン」

と答えた。女の子は、突然、

「私、こっちだから」

とスカートに子犬をくるむと、雨の中へ飛び出して行った。細い足がぴょんぴょんと、泥をけり上げ走ってゆく。急に女の子は立ち止まると、こちらを向いて、

「パンって名前にしていい？」

と大声で聞いた。

「いい名前だと思うよ」

一樹が叫ぶと、女の子は、また激しい雨をものともせず走り抜けて行った。その後ろ姿を一樹は、呆然と見送った。何だったんだ、今のは。一瞬、自分も小さな子犬を抱き上げたような、不思議な気持ちだった。

この日の話は、誰にもしていない。していないが、その後もなぜかずっと心に残った。雨の中、水たまりをはねのけるように、地面をけっていた、あの小さな足は何だったんだろう。


一樹が十七才の時、母が亡くなった。ちょうど反抗期で、もっとやさしくしたかったが、急にそんなことができるような年頃ではなかった。突っ張ったままの息子で、母親は突然、逝ってしまった。いなくなってしまって、母という通訳がいて、ようやく父親と話せていたのだ、と一樹は気づいた。たぶん、それは向こうも同じことを思っていたのだろう。共通の言葉を持たない二人は、必要なことしか話さなかった。何日までにお金を振り込まねばならないとか、鍵はどこに置いておくからとか。見るテレビも、好きな食べものも、寝る時間も、全部違うのだ。母が亡くなって、家の中のものは、急速に色を失っていった。特に母がよく使っていたものは、その持ち主がいなくなったというだけで、茶碗も、鏡台も、イスも、そのイスに敷かれていた座布団も、かつては、生き生きとそこにあったはずのものが、誰も行かない博物館にひっそりと置かれているようなものになってしまった。

一樹は、はっきりいって家になんか、いたくなかった。何を聞いても、「いいんじゃないか」としか言わない父と、ほこりだけがたまってゆく陰気くさい家。もっと明るい場所にいたかった。デパートみたいに、いつ行っても明るくて、きれいで、ピカピカで、親切で、みんなが楽しそうに笑っている場所。バイトに精を出し、車を買って、その車に女の子を乗せ、海や街で遊んだ。くたくたになるまで、気のあった友人たちとダラダラしゃべったり、黙ったり、酔っぱらったり、ケンカしたり、仲直りしたりするのは楽しかった。楽しいはずだった。なのに、遊びは、どこまでいっても遊びのままで、いつも同じことの繰り返しだと気づく時がある。そんな時、ふいに、冷たく、動かなくなった母を思い出す。あの時の、恐ろしいほどの悲しさが、ふいにおそいかかってくる。みんなと次の店を決めている時、街で誰かを待っている時、雑貨屋で女の子とふざけている時。そうなると、体は硬直し、全身が悲しみにおおわれる。

何も考えられなくなる。そして、やがて自分も、あのほこりだらけの陰気な家のように、全てが止まってしまう気がするのだった。

その日も、そんな気分におちいって、最初は友人たちと一緒に騒いでいたのに、結局一人になってしまって、酒など飲みたくもないのになおも飲み、わけのわからない自己嫌悪でいっぱいだった。

店を出ると、もう朝で、雨が降っていた。乗ってきた車はそのまま置いて、車内に置きっぱなしの傘があったので、歩いて帰ることにした。夜はそうは思わなかったが、明るくなると、やたらゴミのある汚い街だった。電車に乗ると、その横で出勤するサラリーマンが英会話か何かのテープを聞いている。本当に息をしているのだろうかと思うほど、電車の中の人は止まったままだった。

電車を降りて傘をさす。傘に雨粒の当たる音がする。この音を聞いているのは、地球で自分ひとりだと、ふいに気づき、とてつもない寂しさに吐き気をもよおす。その時、向こうからやってきた女子高生が、一樹を見て、立ち止まり、

「あッ」

と指さした。正確には、一樹の水玉の傘を見て、「あッ」となったのだが、女の子は自分の不作法に、突然恥ずかしくなったのか、

「すみません。すみません」

と頭を下げて、逃げて行った。

　水たまりの地面をける足を見て、一樹も「あッ」となった。昔々、「ゆうべのカレー」と言ったあの子だ、と思った。一樹は、女の子を追いかけた。女の子の足は猫のように、しなやかで、力強く、前へ前へとなめらかに動いてゆく。追いかけながら、一樹は、自分が何を求めていたか思い知る。母はいつも動いていた。洗濯物を干したり、台所で何かを刻んだり、庭の草を引いたり、縁側で布団を広げていたり。止まっている姿など一度も見たことがなかった。たまに用事を言われ、一樹がふてくされた顔をすると、

「動くことは生きること。生きることは動くこと」

と怖い顔で怒った。

「この世に、損も得もありません」

　それが母の口癖だった。

　一樹は風と雨に顔を打たれながら、今度こそつかまえなければ、と思った。母の時みたいに、バカみたいにかっこうをつけていたら、大事な物がするりと腕からこぼれてしまう。今度こそ、恥も外聞もなく、待ってくれと頼むのだ。一樹が手を伸ばし、

女の子のあさ黒くて柔らかな二の腕を、ようやくつかむと、女の子は驚いて立ち止まった。

「子犬、抱いてた子でしょ?」

切れそうな息で一樹がそう言うと、女の子は、

「覚えてたの?」

と驚いた。

「あの時の犬、どうした?」

本当は聞きたいのはそんなことではなかったが、女の子は、

「パンは生きてるよ」

と言った。やっぱり、「パン」とつけたんだと、嬉しかった。もっと、もっと、いろいろ話がしたかった。とにかく、息をととのえなくてはならない。自分の心臓の、ドクドクという音が、おさまるのを待った。待ちながら、一樹は「自分は、今、間違いなく生きている」と思った。

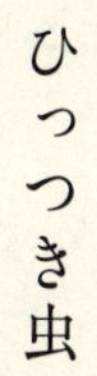
ひっつき虫

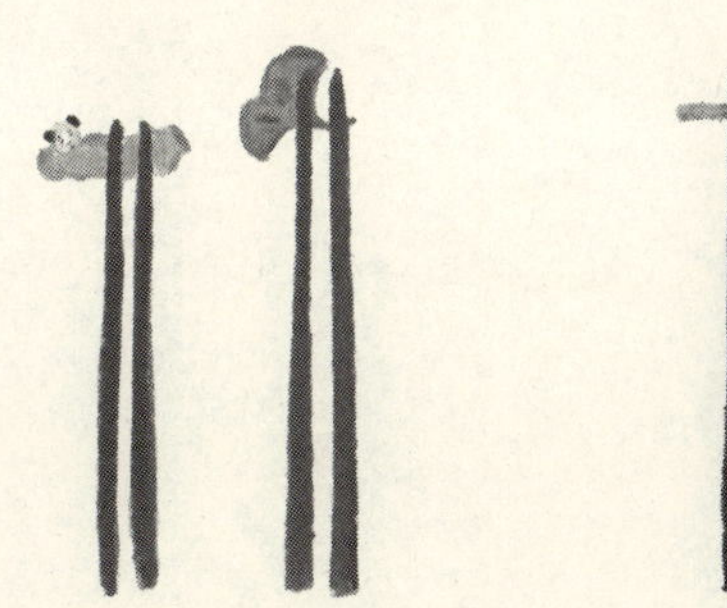

茶碗を買ってしまったらおしまいだとテツコは思った。

この頃、ギフは何かあると岩井君を呼ぼうよと言う。また岩井の方も「すみません、すみません」とぺこぺこ頭を下げながらやってきて、ぐずぐずと居座り続け、「おっ、もうこんな時間だ」と言いながら、それでも腰を上げず、一緒に晩ご飯を食べてゆく。おそるおそる、でも厚かましく。餌づけされた野良猫のようだとテツコは思った。

岩井も、厚かましいと思っているのだろう、最初は来客用の茶碗を使っていたが、そのうち、自分の家から茶碗と箸を持参するようになった。使った後、誰かがきれいに洗ってカゴの中にふせていると、岩井は、いつの間にかそれをカバンの中にしまい、帰ってゆく。しまっている姿を、ギフは見たことがないと言った。そう言えば、出しているところも二人は見たことがなかった。

当然のようにゴハンを食べて帰るくせに、茶碗を出したりしまったりするのを見られるのは恥ずかしいらしい。なので、テッコは、そのことにふれなかった。うっかり、「その茶碗、置いてゆきなよ」と言ってしまったら、そのままずるずる家に住み着くのではないか。

自然の小川をそのまま再現した水槽というものを、テッコは見たことがある。その中の魚にエサをやったり、水をかえたりしなくてもいいのだそうだ。その水槽の中は、自然のサイクルでバランスがうまく保たれているらしい。しかし、そこに一匹でも魚を増やしたりすると、とたんに調和は崩れ、水は濁り、水槽の中の世界は崩壊するのだという。

人間の関係だって、ちょっとしたことで、どんどん変わってゆく。テッコは、できるだけ今の生活を壊したくなかった。そんな自分の気持ちを、岩井はよく知っていて、それで茶碗をこっそり持って帰るのだろう。

虎尾（とらお）の車に乗って一樹（かずき）のお骨を返した翌朝、テッコは早くに目が覚めたが、起きる気になれず、いつまでもぐずぐずと布団の中にいた。ギフが台所を使う音が聞こえる。

今日はギフは朝早くから仕事で出かけなければならないらしい。ギフの鼻唄が、突然「ぎゃっ」という声になり、派手に何かが散乱する音がしたので、起きなければと思ったが、体は動きそうもなかった。ギフの足音があわただしく行ったり来たりしていたが、やがて静かになった。しばらくして、玄関を閉める音がして、その後は台所はしんと静まったままだ。

十時を過ぎた頃、テツコはようやく寝床から這いだした。台所はキレイに片付けられたままだった。ギフの「ぎゃっ」は、思ったより悲惨なことではなかったらしい。冷蔵庫を開けて食べられる物はないか探した。ギフが朝からご飯を炊いてくれていたので、それを茶碗に盛り、ウィンナーソーセージとキャベツを炒め、さらに目玉焼きも作って、盛ったご飯の上にのっけて、醤油をかけて、それを居間へ持っていった。

テレビをつけると、古いドラマの再放送だろうか、主人公が葬儀屋に勤めることになる話をやっていた。チャンネルを変えても見たいものは何もなく、結局ドラマに戻すと、喪のことをモーニングと言うんだと、アップになった年配の俳優が重々しく語っているところだった。テツコは、食べる手をとめて、へぇそうなんだ、と感心した。人生の終わりが一日の始まりであるモーニングと同じ発音なのは、矛盾した話だが、テツコには納得できることだった。

ぼんやりしたテツコの頭に、まだ夜が明けきらないアスファルトの道を一列に歩くお坊さんが浮かんだ。着ているものは、布一枚で裸足だった。あれは、空港に向かうタクシーの中からみた光景だった。一樹とプーケットに行った、その帰りだ。そろそろ日の出が始まろうかという時間で、空が少しずつ白くなってゆく。その中で、坊さんたちは熱心に口の中で経を唱えながら歩いていた。それを見ながら、隣の座席にいた一樹が「あ、そうか」とつぶやいた。

「みんな、のぼってゆく太陽に向かって歩いているんだ」

たしかにそうだった。歩いているお坊さんたちのどの顔も、のぼったばかりの太陽に照らされていた。

それから二年経って、病室の一樹が「生きるというのは、のぼってゆく太陽に向かって歩いてゆくことなんだよなぁ」と言ったことがあったが、その時、あのお坊さんたちのことを思い出していたんだと、テツコにはすぐわかった。

目玉焼きの黄身をつぶしながら、岩井さんは、もう朝ご飯を食べたのだろうかと思った。二つの家を行ったり来たりしている茶碗で、今日は何を食べているのだろう。

その日の午後、テツコは新幹線に乗っていた。岩井さんの茶碗を買おうと思い立ったからだ。今使っているギフと自分の茶碗は京都で買ったものだったから、岩井さんのもやっぱり京都で買わなければ不公平だと思ったのだ。

京都駅に着いた時は、すでに日が暮れていた。ホテルはどこも満室で、ネットで探すのをあきらめて電話をすると、三万円の部屋なら空いていますと言われ、これ以上探す気もおこらず、痛い出費だが、急に思い立った自分が悪いと、そこに泊まることにした。

さすが三万の部屋だった。テツコには、何のためだかわからないが、部屋は二つもあって、テレビも二つあった。寝室の方のカーテンを開けると、バルコニーまでついていて、白いテーブルとイスが二脚置かれている。風呂はガラス張りで、これはどう考えても新婚さんが泊まる部屋だね、とテツコは思った。プーケットの時は、もっと素っ気ない部屋だったなぁと思いながら、あちこち扉を開けて、抹茶のセットとお菓子を見つけた。タダだというので、説明書を読みながら抹茶を茶筅（ちゃせん）で泡立てた。広い部屋で、ずずずと大きな音をたてながらお抹茶をいただいている自分は、一体何だろうとおかしくなる。もう一杯分の抹茶とお菓子がある。ダブルベッドの部屋なので、ここにあるのは何もかも二人前だった。コーヒー茶碗も歯ブラシもスプーンも、ことごとく二人分だ。ここにいると、自分は一人なのだと気づかされる。

突然、自分は一樹の骨を手放してしまったということを思い出し、何かとんでもないことをしてしまったのではないか、という不安におそわれる。でも、その不安は、昔のように、自分の手に負えなくなるまで大きくなることはなかった。テツコは、二袋目の黒豆の甘納豆の袋を開けながら、年を取るってそーゆーことなんだね、と思った。

三万円の部屋代に含まれているだろうバルコニーの白いイスは、どのタイミングで使ったらいいものか、テツコにはさっぱりわからなかった。日の出を見るためのもののように思えたので、翌朝、まだ暗いうちに目を覚まし、ガラス張りの風呂でシャワーを浴びて、テツコは白いイスに、何者かであるかのように深々と座って日の出を待った。

早朝って、どこにいてもおごそかだなぁとテツコは思う。音がなく、空気がきりっと冷えていて、密度が違う。どの建物も低く、家々の瓦がきれいに何かの模様のように並んでいる。遠くに低い山がうっすらと見えている。京都だぁ、とテツコはわけもなく笑顔になる。

手すりから見下ろすと、そこは水の入ってないプールだった。このホテルにプールがあるとは、どこにも書いてなかったので、ちょっと驚いた。使われなくなって何年も経っているようだった。真っ青に塗られたプールの底に、落ち葉が転々と散っている。かつて、ここで、新しい水着を着た宿泊客が、おもいおもいに寝そべり、それぞれが特別の時間を過ごしたのだろうか。立派な建物が、そんな思い出を詰めた空洞を、ひっそり抱えているとは思いもしなかった。今日、ここで眠っている人たちは、たぶんこのことを知らない。朝の光を浴びながら、自分だけがこのことを知っているのだと、テツコは思った。

一樹と行ったプーケット旅行で、たくさん土産物（みやげもの）を買ったつもりだったが、気がつけばテツコの手元には、記念になるものは何ひとつ残っていなかった。貝殻を使った何かを自分用に買った記憶はあるが、それはすでに捨てられたか、それともまだどこかにしまわれているのか、自分でも覚えていない。

だからと言うわけではないが、貝の標本を売っている店をガイドブックで見つけたので、行ってみようと思った。プーケットの土産を京都で買うというのはどうかと思うが、自分の中にも、あのホテルのプールのような空洞があって、そこを埋める、一樹にまつわる何かが欲しかった。

その店にあるのは、貝の標本だけではなかった。見覚えのある小さな植物が、透明な樹脂で三センチ四方の立方体に固められたものが、大きな木の箱の中にきっちりと並べられていた。店の人が、これは今年の春に作られたものですと教えてくれる。空に飛び出す前のタンポポの綿毛や、咲いたばかりのソメイヨシノが時間と一緒に樹脂の中に、ストップモーションのように閉じ込められていた。他にもツメ草のようなのやら、いがいがした実のようなものがあって、その中に、テッコは子供の頃よく遊んだひっつき虫を見つけた。みんなは、ひっつき虫と呼んでいたが、虫ではなく植物で、実の外側はとげとげになっていて服にひっついた。おそらく、それで遠くまで実を運ぼうということだろう。正式名は、オオオナモミだと、テッコは初めて知った。この小さなとげとげの実で一樹と遊んだことはないが、二人ともこの植物のことはよく知っていて、何かの時、「あー、ひっつき虫ね、あったよなぁ」と二人で懐かしがった。

　緑色のその小さな実を、意味もなくいっぱい集めて、友人のセーターにひっつけては笑い転げた。何がそんなにおもしろかったのか今は思い出せないが、自分のセーターにもありったけのひっつき虫をつけて、「見て見て」と得意だった。全然違う子供時代を送ったはずなのに、一樹も同じ経験をしたと言っていた。

　ひっつき虫を一番最初に教えてくれたのは、母親だった。顔を近づけ、「ほらテッコ、見てごらん」と小さな緑の実をテッコのピンクのカーディガンの袖口につけてみせた。ピンクの袖口から白いブラウスのひらひらしたレースがのぞいていた。その上を、緑の虫がもぞもぞと這ってゆくように見えて、テツコは母親に抱きついて泣いた。

　店にあるひっつき虫は、形は昔のままだったが、よく遊んだ緑ではなく、枯れた茶色になって四角い透明の固まりの中に浮かんでいた。それは、ひっつき虫の棺のようだとテツコは思った。そして、それは自分のようだった。ずっと一樹のセーターにひっついて、おじいさん、おばあさんになるまで一緒に生きることができると思っていたのに、そうはならず、知らぬ間に茶色になってしまった、ひとりぼっちの小さな実だ。

　自分がずっと、ぽっかりあいた空洞の中に持ち続けていたのは、一樹の骨ではなく、本当は、このひっつき虫の棺だったのではないかと思った。かたくなに手放せなかったのは、まわりを樹脂で固めて、誰かにひっつくことを拒絶した、この自分のような標本だ。ひっつき虫を上から下から、心ゆくまで見た後、静かに元の場所に戻した。今度こそ手放そうと思った。

　さようなら、小さな私。一樹とずっと一緒にいたいと願った私。もう全ては終わったと絶望した私。世界から拒絶されたと思っていた私。今、気づいた。私は、そんなところに閉じ込められるものじゃないということに。今もなお、時間の中を生きつづけなければならないものであるということに。一樹は、そう思ってしまったことを許してくれるだろうか。許してくれるだろう。誰よりも私のことを心配してくれる人だったから、とテツコは思う。

テツコは貝殻もひっつき虫も買わずに店を出た。古い町家をそのまま店に改修したらしく、奥は昔のままの畳の部屋だった。薄暗い店内は、ものすごい昔の建物のように思えたが、無駄なくきっちり並べられた標本を見ていると、未来の店に迷い込んでしまったようでもあった。百年前からあったと言われても、百年先まであると言われても、そうかもしれないと思わせる店だった。

あの店にあるのならいいやと思った。これまでの自分に会いたくなったら、またここに来ればいいのだ。

地下鉄に乗って三条に出ると、人がたくさん歩いていた。その人たちに埋もれて、流されるように歩きながら、今朝出たホテルの部屋のことを考えた。もう、新しい歯ブラシや抹茶は補充されているだろうか。自分があそこに泊まった記憶は、きれいに消されて、また新品の部屋として三万円の値段をつけられて、誰かを待っているのだろう。でも、テツコは知っている。あの部屋のソファの肘の部分は、破れたのを丁寧に繕(つくろ)っていた。時間などまるでないかのような、何もかも新品のように見える、あのホテルの中でさえ、実は容赦なく時間は流れていたのだった。空っぽのプールを抱えながら。

岩井さんの茶碗を買って、家に帰ろう。その茶碗に、さつま芋のご飯を盛ろう。隣からもらったさつま芋を、ギフがまだ食べてなかったらの話だが。ゴハンがすんだら、洗って拭いて、岩井さんはそれでもやっぱり茶碗をこそこそ持って帰るのだろうか。

テツコは、岩井さんに教えてあげたいと思った。茶碗を買ったらおしまいと思っていたけど、そうじゃなかったことを。茶碗を買ったら、たぶん始まるのだ。輝く未来じゃないと思うけど、ゆるやかに始まってゆくのだ。

テツコは歩きながら歌うようにつぶやく。茶碗を買おう。かわいい色のやつを。重ねた時には、バランスがいいやつを。

解説

重松清

本作『昨夜のカレー、明日のパン』の単行本版が刊行されたのは、二〇一三年四月のことだった。

それと同時期に、同じ版元から出版されたムック『文藝別冊　総特集・木皿泉』に、「夫婦脚本家、小説家になる」と題されたロングインタビューが掲載されている。取材日は同年二月二十八日。聞き手は重松清。つまり、僕。それはどうでもいい。

小説デビュー作の刊行を目前に控えた「木皿泉」のお二人（いまさら言うのもヤボだが、「木皿泉」とは和泉努（いずみつとむ）さんと妻鹿年季子（めがときこ）さんとの夫婦ユニットである）は、本作の手ごたえをどんなふうに感じていたのか、まずは書き手自身の発言で、確かめてみよう。

インタビュアーが話題を本作に向けたときの、お二人それぞれの第一声は——。

〈妻鹿　いやもう……〉

〈和泉　申し訳ないよねぇ〉

謝っているのである。恐縮しきりなのである。

なぜか。ボリュームとして決して大作というわけではないのに、仕上がるまでに、とにかく時間がかかった。第一話「ムムム」を書き上げてから、木皿泉の「出力担当」である妻鹿さんの筆がパタッと止まってしまったのだ。以降、妻鹿さんの発言をピックアップしていく。

〈もうとにかく嘘ばっかりつきつつ「書きます書きます」って言い逃れをして〉、完成までに九年もの時間を費やした。産みの苦しみである。〈9年前に最初に頼んできた出版社の人が社長さんになっちゃったんですよ！（笑）それも、一昨年〉。難産にもほどがある。

そもそも「ムムム」の執筆中からキツかったらしい。

〈書いた時はもうイヤでしょうがなかったんですよ。本当に「なんでこんなイヤなことを」と思いながら小説を書いてた〉

〈「小説」っていうのを見よう見まねで「こんな感じかしらん」と思って書いたから、

本当によくわかんないままでしたよね〉

具体的に、どういうところがキツかったのか。

〈最初、「これは小説だ」と思って書いていたら、その後ずっと書けなくなってしまったんですが、その理由がシーンが思い浮かばなかったことなんです。テレビドラマだと、頭の中にシーンが「バーッ」と出てくるのでそれを書いておけば良いんだけど、小説はシーンが浮かばなくて〉

小説に初めて挑むことへの気負いやプレッシャーは当然あるはずだし、シナリオとは勝手が違う困惑もあっただろう。インタビューで妻鹿さんは「小説」という言葉を何度も繰り返していた。そのときの「ショウセツ」の響きには、まだ舌やくちびるに馴染んでいない微妙なぎごちなさが、確かにあった。それは、小説との距離をつかみかねていた当時の居心地の悪さの名残だったのかもしれない。

そんな悪戦苦闘の挙げ句、一時は、まったく別の内容で仕切り直しをするしかないか、という話にまでなった。

ところが、ひさびさに「ムムム」を読み返してみると——。

〈読んだら面白かったんだよねぇ（笑）。「これ、面白いじゃん」って〉

〈読み返してみたら、「自分が書きたいことってこういうことだったんだ」っていうのが結構、クリアに見えてきて、面白くなった。「あ、この感じだったら書けるんじゃない？」って軽く思えたので、書けたんだと思うんですけど、やっぱり「ムムム」は「小説」なんですよ。とにかく「小説」を書かないといけないと。でもその後は「宝（タカラ）」の話とか「ギフ」の話とか、具体的にこの人の話を書けばいいんだということがわかって書けたんです〉

まさに起死回生の瞬間である。「小説」はいわば「器」に過ぎないことに、妻鹿さんは気づいた。自分が書くべきものは「器」の模様ではなく、その中に容れる〈この人（たち）の話〉だったのだ、と。

　インタビュアーとしての分を超えてしまうのは承知で生意気を言わせていただくと、僕はそのとき、二時間ほどの取材中で最も大きな、力強い相槌を打ったのだ。記事では『昨夜のカレー、明日のパン』を未読のひとのために口に出すのは自戒していたのだが、取材の準備でいち早く本作を読んだ者の役得として、本音では妻鹿さんの言葉にこう応えたかった。

いまのお話、まさに『昨夜のカレー……』の登場人物それぞれの物語と、きれいに重なり合うんじゃありませんか――？

その思いは、二〇一五年晩秋のいまも変わらない。

『昨夜のカレー……』とは、ひいては木皿泉ドラマ全般を貫いているのは、「発見と解放の物語」なのではありませんか――?

〈そうか、「助けて」というコトバが、今の気持ちに一番近いんだと思った〉(「パワースポット」)

〈師匠は、しばらく考えていたが、/「あっ、そうか」/と小さく叫んだ。/「なるほど、わかりました」/師匠は、しきりに一人で納得している。/(略)/「私は、誰かと生死を共にしたかったんだ」〉(「山ガール」)

〈そうか、私が欲しかったのは、それだったのか。テツコは歩きながら、なんだ、それだったのか、と思った〉(「魔法のカード」)

それから、今回の文庫化に合わせて書き下ろされた一編「ひっつき虫」にも、〈一樹が「あ、そうか」とつぶやいた〉という箇所が……むろん、せっかく書き下ろされた作品のこれ以上のディテールを明かすのは、いくらなんでも非礼に過ぎるというものだろう。

いや、しかし、やはり、文庫版は解説から先に読むという流儀のひとには、興を殺いでしまうおせっかいだったかもしれない。

でも、だいじょうぶ。まだまだいくらでも本作には「発見」と「解放」の瞬間が用意されている。引用箇所に共通してつかわれている言葉を借りるなら、〈そうか〉の場面――そして、それを受ける言葉を作中から探すなら、〈それでいいじゃないか〉の場面である。唐突すぎる？　いいじゃないか、それで。作中のどこに、どんなふうに、〈それでいいじゃないか〉が用いられているかは、ナイショ。本文を既読の方とは「ねっ？」「だよね？」と含み笑いで目配せしたいし、未読の方は、どうぞお楽しみに。サイコーの場面で、とりわけ男子にとっては、サイコーの余韻とともにつかわれているから。

本作の、というより木皿泉さんが小説やドラマで描きだすすべての物語の愉しみは、ストーリーを追うことだけにあるのではない。物語の中にちりばめられた、大小軽重さまざまな「そうか／それでいいじゃないか」の瞬間を見つけること、そして、それを自分自身の「そうか（＝発見）」へと、さらには胸の深いところまでじんわりと染みる「それでいいじゃないか（＝解放）」のよろこびへと、繋げていくこと。僕は、そのよろこびを何度でも何度でも味わいたくて、木皿泉さんの物語を繰り返し読んで、観ているのだ。

十年以上前の妻鹿さんが「小説」というジャンルに囚われて悪戦苦闘していたように(ただし、僕は――まったく個人的な独断なのだが、和泉さんのほうは、じつは妻鹿さんの苦しみの源もちゃーんとわかっていて、だからこそ、あえて「ときちゃん、ここ、踏ん張りどころやで」と無言で励ましていらしたのではないか、と踏んでいるのだ)、僕たちはきっと皆、我知らず、さまざまなものに囚われている。たとえば自身の感情に、たとえば人間関係に、たとえば社会の常識に、たとえば過去に、たとえば未来に、たとえば目の前のいまの暮らしに、囚われて、ここから逃げだしたいのに身動きがとれなくなってしまって、キツい思いをしている。時として、そのキツさを自覚することすらできずに、気づかないまま、ひどく疲れてしまっている。

そんな僕たちは、木皿泉さんの描く物語のそこかしこに、自分と似ている登場人物を見つけることになる。プロフィールや具体的な状況が重なるのではなく、囚われ方が似ている人物である。たとえばドラマ『Q10』のように、どんなに荒唐無稽な設定であっても、登場人物それぞれの囚われ方は、思わず「ああ、わかる……」とうめいてしまうほどリアルで、「そうか/それでいいじゃないか」の瞬間のよろこびは、僕たち自身の日々の暮らしと地続きにある。

テレビのモニターや一冊の本の中で、登場人物が「そうか」と気づき、「それでいいじゃないか」と肩の荷を下ろす瞬間、僕たちは安堵のため息をつく。しかし、それは誰のためのため息なのか。じつは、安堵も快哉も拍手も、半ば以上は、僕たち自身に捧げられているのではないか？

ただし、急いで言っておく。「発見」と「解放」を、「解決」だなんて早とちりしてしまうのは厳禁。「そうか／それでいいじゃないか」のよろこびは、あくまでもつかの間のものにすぎない。僕たちは皆、一瞬の解放で肩の荷を下ろしたあとも、また新たな肩の荷を負ってしまう。ギフがテツコさんに言うとおり、〈悲しいかな、人はいつも何かにとらわれながら生きてますからねぇ〉。まったくもって、そのとおり。僕たちもそう。本作のテツコさんやギフや宝や岩井さんだって、みんな、そう。また、なにかに囚われてしまうのだ。

だからこそ、ほんのつかの間、ほんのうたかたの「そうか／それでいいじゃないか」が、たまらなく愛おしい。

その一瞬の訪れを「奇跡」と呼ぶひともいるだろうか。そんなのありえないよ、と失笑するだけのひとも。

それでも、奇跡は来る、かもしれない。

僕たちの囚われの日常は、奇跡の訪れを信じるに価する程度には、優しくあってほしいし、きっと、優しい。

そのことを、木皿泉さんはさまざまな物語で繰り返し描きつづけているのだと思う。


ところで、二〇一三年二月のインタビューで、妻鹿さんはこう言っている。

〈ほんとにこんな作品でみんな良いって言うんだったら……楽しいって言ってくれるのであれば書いてみたいですね。こういうのを求めてる人がいるならばね〉

映像化の可能性について、水を向けてみると——。

〈でもこれ絶対テレビの企画では通らないです（笑）〉〈だって何も起こらないしね。多分無理ですね〉

まったくもって、控えめすぎる発言である。謙遜を通り越して、いささか弱気すぎませんか。いまの僕たちは誰もが、苦笑交じりに声をかけるだろう。

本作の単行本版は、二〇一五年十一月現在で約十六万部のベストセラーを記録している。〈こういうのを求めてる人〉は、妻鹿さんが思っていたよりはるかにたくさんいたわけだ。ＴＢＳテレビ『王様のブランチ』では「ＢＯＯＫアワード２０１３」の大賞に輝き、二〇一四年の山本周五郎賞の最終候補作、同年の本屋大賞でも第二位になるなど、クロウト筋の評価も高い。

さらに、同じ二〇一四年秋には、NHK・BSプレミアムで連続ドラマ化も実現した。木皿泉さんが自らシナリオを書き、仲里依紗(なかりいさ)さんがテツコさん、鹿賀丈史(かがたけし)さんがギフを演じたドラマ版の『昨夜のカレー……』は、〈自分より先に死んだ者たちと共に生きてみよう〉という思いや、家族が歴史を紡いだ「家」そのものの存在がグッと前面に打ち出され、よりいっそう物語の世界を広げ、深めてくれている。

そしていま、本作は文庫版という、よりハンディな装いで（書き下ろしの一編まで加えて！）、また新たな読者との出会いを待つことになった。

文庫版とくれば、若い読者の出番だ。たとえば「魔法のカード」に出てきた少女の囚われているものを肌で感じ取り、「そうか／それでいいじゃないか」の瞬間のよろこびを我が事として体感できる世代の子どもたちと、木皿泉さんの物語の素晴らしさについて、いつか語り合える日が来ればうれしい——と、登場人物の中ではギフといちばん歳が近い僕は、すでにいまから、ひそかに楽しみにしているところである。

（しげまつ・きよし＝作家）

本書は、二〇一三年四月に小社より単行本として刊行されました。
なお、「ひっつき虫」は書き下ろしです。

昨夜（ゆうべ）のカレー、明日（あした）のパン

二〇一六年 一 月二〇日 初版発行
二〇二五年 一 月三〇日 34刷発行

著 者 木皿泉（きざらいずみ）
発行者 小野寺優
発行所 株式会社河出書房新社
〒一六二-八五四四
東京都新宿区東五軒町二-一三
電話〇三-三四〇四-八六一一（編集）
〇三-三四〇四-一二〇一（営業）
https://www.kawade.co.jp/

ロゴ・表紙デザイン 粟津潔
本文フォーマット 佐々木暁
本文組版 株式会社創都
印刷・製本 中央精版印刷株式会社

Printed in Japan ISBN978-4-309-41426-3

すいか　1

木皿泉　41237-5

東京・三軒茶屋の下宿、ハピネス三茶で一緒に暮らす血の繋がりのない女性４人の日常と、３億円を横領し逃走中の主人公の同僚の非日常。等身大の言葉が胸をうつ向田邦子賞受賞、伝説のドラマ、遂に文庫化！

すいか　2

木皿泉　41238-2

独身、実家暮らしＯＬ・基子、双子の姉を亡くしたエロ漫画家の絆、恐れられ慕われる教授の夏子、幼い頃母が出て行ったゆか。４人で暮らしたかけがえのないひと夏。10年後を描いたオマケ付。解説松田青子

ON THE WAY COMEDY 道草　平田家の人々篇

木皿泉　41263-4

少し頼りない父、おおらかな母、鬱陶しいけど両親が好きな娘と、家出してきた同級生の何気ない日常。TOKYO FM系列の伝説のラジオドラマ初の書籍化。オマケ前口上＆あとがきも。解説＝高山なおみ

ON THE WAY COMEDY 道草　愛はミラクル篇

木皿泉　41264-1

恋人、夫婦、友達、婿姑……様々な男女が繰り広げるちょっとおかしな愛（？）と奇跡の物語！　木皿泉が書き下ろしたTOKYO FM系列の伝説のラジオドラマ、初の書籍化。オマケの前口上＆あとがきも。

ON THE WAY COMEDY 道草　袖ふりあう人々篇

木皿泉　41274-0

人生はいつも偶然の出会いから。どんな悩みもズバッと解決！　個性あふれる乗客を乗せ今日も人情タクシーが走る。伝説のラジオドラマ初の書籍化。木皿夫妻が「奇跡」を語るオマケの前口上＆あとがきも。

ON THE WAY COMEDY 道草　浮世は奇々怪々篇

木皿泉　41275-7

誰かが思い出すと姿を現す透明人間、人に恋した吸血鬼など、世にも奇妙でふしぎと優しい現代の怪談の数々。人気脚本家夫婦の伝説のラジオドラマ、初の書籍化。もちろん、オマケの前口上＆あとがきも。

ひとり日和

青山七恵　41006-7

二十歳の知寿が居候することになったのは、七十一歳の吟子さんの家。奇妙な同居生活の中、知寿はキオスクで働き、恋をし、吟子さんの恋にあてられ、成長していく。選考委員絶賛の第百三十六回芥川賞受賞作！

東京プリズン

赤坂真理　41299-3

16歳のマリが挑む現代の「東京裁判」とは？　少女の目から今もなおこの国に続く『戦後』の正体に迫り、毎日出版文化賞、司馬遼太郎賞受賞。読書界の話題を独占し“文学史的事件”とまで呼ばれた名作！

ノーライフキング

いとうせいこう　40918-4

小学生の間でブームとなっているゲームソフト「ライフキング」。ある日、そのソフトを巡る不思議な噂が子供たちの情報網を流れ始めた。八八年に発表され、社会現象にもなったあの名作が、新装版で今甦る！

ブラザー・サン　シスター・ムーン

恩田陸　41150-7

本と映画と音楽……それさえあれば幸せだった奇蹟のような時間。「大学」という特別な空間を初めて著者が描いた、青春小説決定版！　単行本未収録・本編のスピンオフ「糾える縄のごとく」＆特別対談収録。

一人の哀しみは世界の終わりに匹敵する

鹿島田真希　41177-4

「天・地・チョコレート」「この世の果てでのキャンプ」「エデンの娼婦」——楽園を追われた子供たちが辿る魂の放浪とは？　津島佑子氏絶賛の奇蹟をめぐる５つの聖なる愚者の物語。

福袋

角田光代　41056-2

私たちはだれも、中身のわからない福袋を持たされて、この世に生まれてくるのかもしれない……人は日常生活のどんな瞬間に、思わず自分の心や人生のブラックボックスを開けてしまうのか？　八つの連作小説集。

ボディ・レンタル

佐藤亜有子　40576-6

女子大生マヤはリクエストに応じて身体をレンタルし、契約を結べば顧客まかせのモノになりきる。あらゆる妄想を呑み込む空っぽの容器になることを夢見る彼女の禁断のファイル。第三十三回文藝賞優秀作。

そこのみにて光輝く

佐藤泰志　41073-9

にがさと痛みの彼方に生の輝きをみつめつづけながら生き急いだ作家・佐藤泰志がのこした唯一の長篇小説にして代表作。青春の夢と残酷を結晶させた伝説的名作が二十年をへて甦る。

島田雅彦芥川賞落選作全集　上

島田雅彦　41222-1

芥川賞最多落選者にして現・選考委員島田雅彦の華麗なる落選の軌跡にして初期傑作集。上巻には「優しいサヨクのための嬉遊曲」「亡命旅行者は叫び呟く」「夢遊王国のための音楽」を収録。

島田雅彦芥川賞落選作全集　下

島田雅彦　41223-8

芥川賞最多落選者にして現・芥川賞選考委員島田雅彦の華麗なる落選の軌跡にして初期傑作集。下巻には「僕は模造人間」「ドンナ・アンナ」「未確認尾行物体」を収録。

空に唄う

白岩玄　41157-6

通夜の最中、新米の坊主の前に現れた、死んだはずの女子大生。自分の目にしか見えない彼女を放っておけない彼は、寺での同居を提案する。だがやがて、彼女に心惹かれて……若き僧侶の成長を描く感動作。

野ブタ。をプロデュース

白岩玄　40927-6

舞台は教室。プロデューサーは俺。イジメられっ子は、人気者になれるのか?!　テレビドラマでも話題になった、あの学校青春小説を文庫化。六十八万部の大ベストセラーの第四十一回文藝賞受賞作。

引き出しの中のラブレター

新堂冬樹　41089-0

ラジオパーソナリティの真生のもとへ届いた、一通の手紙。それは絶縁し、仲直りをする前に他界した父が彼女に宛てて書いた手紙だった。大ベストセラー『忘れ雪』の著者が贈る、最高の感動作！

「悪」と戦う

高橋源一郎　41224-5

少年は、旅立った。サヨウナラ、「世界」――「悪」の手先・ミアちゃんに連れ去られた弟のキイちゃんを救うため、ランちゃんの戦いが、いま、始まる！　単行本未収録小説「魔法学園のリリコ」併録。

11　eleven

津原泰水　41284-9

単行本刊行時、各メディアで話題沸騰＆ジャンルを超えた絶賛の声が相次いだ、津原泰水の最高傑作が遂に待望の文庫化！　第２回Twitter文学賞受賞作！

枯木灘

中上健次　41339-6

熊野を舞台に繰り広げられる業深き血のサーガ…日本文学に新たな碑を打ち立てた著者初長編にして圧倒的代表作。後日談「覇王の七日」を新規収録。毎日出版文化賞他受賞。解説／柄谷行人・市川真人。

泣かない女はいない

長嶋有　40865-1

ごめんねといってはいけないと思った。「ごめんね」でも、いってしまった。――恋人・四郎と暮らす睦美に訪れた不意の心変わりとは？　恋をめぐる心のふしぎを描く話題作、待望の文庫化。「センスなし」併録。

夏休み

中村航　40801-9

吉田くんの家出がきっかけで訪れた二組のカップルの危機。僕らのひと夏の旅が辿り着いた場所は――キュートで爽やか、じんわり心にしみる物語。『100回泣くこと』の著者による超人気作。

銃

中村文則　41166-8

昨日、私は拳銃を拾った。これ程美しいものを、他に知らない――いま最も注目されている作家・中村文則のデビュー作が装いも新たについに河出文庫で登場！　単行本未収録小説「火」も併録。

掏摸（スリ）

中村文則　41210-8

天才スリ師に課せられた、あまりに不条理な仕事……失敗すれば、お前を殺す。逃げれば、お前が親しくしている女と子供を殺す。綾野剛氏絶賛！大江賞を受賞し各国で翻訳されたベストセラーが文庫化。

走ル

羽田圭介　41047-0

授業をさぼってなんとなく自転車で北へ走りはじめ、福島、山形、秋田、青森へ……友人や学校、つきあい始めた彼女にも伝えそびれたまま旅は続く。二十一世紀日本版『オン・ザ・ロード』と激賞された話題作！

カツラ美容室別室

山崎ナオコーラ　41044-9

こんな感じは、恋の始まりに似ている。しかし、きっと、実際は違う――カツラをかぶった店長・桂孝蔵の美容院で出会った、淳之介とエリの恋と友情、そして様々な人々の交流を描く、各紙誌絶賛の話題作。

インストール

綿矢りさ　40758-6

女子高生と小学生が風俗チャットでひともうけ。押入れのコンピューターから覗いたオトナの世界とは?!　史上最年少芥川賞受賞作家のデビュー作、第三十八回文藝賞受賞作。書き下ろし短篇「You can keep it.」併録。

夢を与える

綿矢りさ　41178-1

その時、私の人生が崩れていく爆音が聞こえた――チャイルドモデルだった美しい少女・夕子。彼女は、母の念願通り大手事務所に入り、ついにブレイクするのだが。夕子の栄光と失墜の果てを描く初の長編。